HF450124

Aura Ayar

Aura Ayar

Lilia Ávalos

Novela ganadora del
Premio Dolores Castro 2020
Narrativa

Aura Ayar
Premio Dolores Castro 2020 Narrativa

® Lilia Ávalos, 2020

® Fondo Blanco Editorial, 2021

Diseño editorial: Carabel
Cuidado de la edición: Lizette Cisneros

ISBN 978-607-99146-3-9

www.fondoblancoeditorial.com
contacto@fondoblancoeditorial.com
edfondoblanco@gmail.com

Impreso y hecho en México.

I
Moretones y cucharas

Hubiera preferido que alguien más escribiera esto. Es más fácil lidiar con los sentimientos cuando son de otros. Se disfruta leer las adversidades ajenas porque tomamos nota para cuando lleguen las propias, pero una vez que están aquí, notamos que no aprendimos nada, que somos tan incapaces como antes de cualquier lectura, que cada juego es jugar a perder porque cada vez hay cambio de reglas y los equipos no son los de antes.

Hubiera preferido que alguien más escribiera esto porque entonces yo sólo me dedicaría a ser una espectadora que se sorprende con cada detalle, que se deja conmover por cada nuevo personaje. Escribir el pasado demanda discernir entre lo sucedido y lo imaginado, decidir qué es verdad y qué es imaginación.

Los moretones habían adquirido un color entre verde y rojo, pero ya era imposible encontrar algún tenedor o cuchillo por la casa. ¿Qué tenían que ver los moretones y las cucharas con Leo? Los moretones eran recordatorio de lo peligroso que podría ser que comiéramos con otros cubiertos que no fueran cucharas. Aunque tampoco es que Leo hubiera necesitado algún arma para herirme como lo hizo en plena calle abarrotada de gente y villancicos; sus manos y su furia bastaron. Algunas veces nos dirigimos a una colisión y no lo sabemos.

Suponía que mi primera desventura habría sido nacer, pero todo empezó antes. ¿Qué más se puede esperar de una concepción que sólo fue posible porque mi madre olvidó tomarse sus pastillas anticonceptivas? Debí imaginar que eso era un augurio de lo que sería el resto de mí: olvidos, azares y errores.

"A Tobi lo tuve porque yo era joven y estúpida", me dijo mi madre. "A Tamar, porque Tobi ya tenía siete años y lo vi muy solo y triste. A ti, porque estaba decidida a dejar a tu padre y dejé de tomarme los anticonceptivos... pero ya ves que no lo dejé a él y aquí estás tú también."

Antes de nacer, mi vida ya peligraba y no sólo eso, sino que hice que peligrara también la vida de mi madre. Tal vez era que ella, en realidad, se rehusaba a tenerme o que yo sentía su falta de deseo hacia mí y quería castigarla. Mi madre era maestra de escuela, ama de casa, esposa, hija, hermana, vendedora de cosméticos y libros, pero, sobre todo, adicta a la lectura y al trabajo. Aun cuando parecía que para ella nada era suficiente, su embarazo de mí sí fue un exceso, como lo descubriría la noche en que despertó debido a un dolor en el vientre para ver que toda ella estaba bañada en sangre.

Estar en cama el último bimestre del embarazo debió ser castigo suficiente para ella, pero no lo fue: nací.

Me extraña la certeza con la que narro algunos de los eventos que enmarcaron mi nacimiento, como si los recordara con la nitidez del café de la mañana. Supongo que uno aprende a tomar las pistas que encuentra de sí mismo, dispersas por ahí, y las obliga a tener sentido. Tal vez por eso me obsesione tanto haber nacido en las vísperas de la caída del Muro de Berlín, como si estas fracturas fueran a delinear lo que terminaría siendo mi vida, como si la falta de certezas ideológicas que ese evento impuso al mundo hubiera permeado la configuración de mi educación sentimental.

Ir tras la sospecha de sí mismo hasta eventos que ocurrieron del otro lado del mundo. Y perderse. Encontrar algo muy distinto a lo buscado si se tiene suerte. Seguir con esta persecución desventajosa en el mayor de los casos.

Y luego la escritura, confiar en ella como instrumento de la memoria para después notar que todo es más invención que recuerdo, que donde antes sólo había imágenes y sensaciones, ahora hay frases con punto final. Como si el pasado siempre hubiera tenido esta dirección, como si en el fondo no supiéramos que aquello no se dirigía a ninguna parte.

Es necesario subordinar el recuerdo a la escritura porque, de otra manera, el dolor no permitiría decir nada. Recordar fragmentariamente es una defensa ante lo desconocido que nos iba ocurriendo sin entender por qué; un escudo ante el terror de la impronta. La vida no tiene otra manera de sucederse.

Recordar permite ser turista de la memoria: un par de fotografías con sonrisas y paisajes inolvidables. Escribir exige habitar esos recuerdos desde la experiencia del ahora y, sólo entonces, estar en posibilidad de otorgar significados, de notar causas y consecuencias, de limar el peso a los azares. Reconocerse a uno mismo también en la sangre seca de las rodillas y las miradas displicentes de tus tíos y primos. Dar su lugar a las sombras de la memoria y, sólo entonces, a partir de los claroscuros, tomar la distancia necesaria de este tejido para saber qué nos dice.

Los recuerdos nos asoman a las cosas, pero no nos permiten habitarlas, por eso hay que completar el recuerdo con invención e intuiciones. Desenredar las sombras, darles un sentido y quitarles su cariz de refugio. Preferimos no afrontarlo sino hasta que estuviéramos más preparados. Escribir el pasado es aceptar que tal momento nunca llegará, saber que no podremos limar el dolor, pero sí conseguir que cese su imposición de rigidez y aletargamiento.

Escribir el pasado será siempre distinto a lo vivido, es desprenderse de la vida que quisimos que fuera nuestra, que nos inventamos por tanto tiempo. Estas páginas son una traición al esfuerzo hecho durante toda la vida por mantenerme a salvo de mí misma. Escribir es sucumbir a nuestra fragilidad.

II
Latitudes distantes

Dicen que las nuevas vidas traen consigo la esperanza; en mi experiencia, no son más que deudas, cansancios y depresión posparto. Eso en el mejor de los casos, que no era el mío: yo nací rota.

Tras una amenaza de aborto, logré llegar al mundo, pero con la rodilla deforme, volteada. El médico decidió que había que terminar de romper aquello para después alinearlo y poner un yeso. Esperaba lograr que fuera lo que debí ser, que entrara en algún molde.

Contra todo pronóstico, seguí viva y mi madre también. Muchas veces, ella me ha contado que sus últimos días de internamiento fueron una tortura. Derechohabiente de los servicios de salud pública, estaba enterada de varias atrocidades ocurridas bajo esos techos. Ella no esperaba ni quería presenciar nada de eso, pero ya sabemos que la vida difícilmente es lo que uno aguarda.

No tuvo que esperar mucho para descubrir que su compañera de habitación estaba muerta: se había desangrado durante la noche y nadie se percató. Lo descubrieron porque una de las enfermeras cayó al piso tras resbalarse con el charco de sangre que se había formado con la vida que abandonaba, gota a gota, a la mujer embarazada junto a mi madre.

Mi madre se despertó temerosa cada madrugada desde la muerte de esa mujer hasta mi nacimiento. En la oscuridad, palpaba con desesperación sus sábanas para cerciorarse de que estuvieran secas, de que no le hubiera vuelto la hemorragia que la había llevado al hospital. Vine al mundo con el estrés de mi madre, un médico destrozando mi pierna de por sí malformada y un padre que estuvo borracho.

Sobre jugar a perder, los padres lo saben todo. Ningún otro papel evidencia tan lúcidamente que nunca estaremos a la altura del tiempo que será nuestra vida. Justo en la edad en la que podría tomarse conciencia de la existencia propia, ya no es eso lo que importa. Todo se desvanece ante la llegada de ese desconocido que llamarán *hijo*.

Desde ahora, es difícil imaginar que mi mamá alguna vez fue una niña pequeña. Sofía fue la primogénita de su familia. Carmen, su madre, nunca le permitió gatear, para que no ensuciara su ropa. Martín, su padre, trabajaba como músico en un trío de boleros que tocaba en los mercados.

Según dicen, Martín no servía más que para la música y la lectura. Tan inútil era que, incluso después de lavarse las manos, Carmen debía secárselas con una toalla; tan asiduo de la lectura, y tan pobre, que se entretenía leyendo los pedazos de periódico con los que envolvían las compras en la tienda de abarrotes.

Aquí la maldición más cercana a Sofía: la lectura. Como forma de rebeldía, evadía las labores del hogar y se escondía debajo de su cama a leer libros escolares: eran todo lo que tenía. Luego venía Carmen a jalarla de los tobillos para sacarla de su escondite y la obligaba a barrer, trapear y lavar la ropa. Lo que nunca hizo fue aprender a cocinar, decidió sabotear cada oportunidad después de que su madre le dijera desdeñosamente que era igual de inútil que su padre, que lo único para lo que servía era para leer. Si ya era una inútil, sería la mejor.

Carmen era de Chihuahua y no tenía a nadie de su familia en la ciudad. A duras penas lograba sostener a su familia con las rentas de los cuartitos de una vecindad que se venía abajo y de lo que ganaba Martín en su trío, que no era mucho, pues la mayoría lo gastaba en alcohol.

Había veces en las que llegaba la vecina a decirle que Martín, otra vez, se había quedado atrapado en el parque de juegos para los niños del barrio y no encontraba la salida entre los barrotes que rodeaban el lugar. Carmen, entonces, sabía que aquel día no habría ganancias del trío de boleros y salía de casa, entre avergonzada y molesta, en busca de su esposo.

Un par de veces por año, llegaban de visita los parientes de Chihuahua. Sólo en esas ocasiones había en la mesa queso, carne y fruta, comida que Sofía y Yesenia, su hermanita, nunca probaron. Aquello estaba restringido para sus tías y primos, quienes se sentaban primero a comer a la mesa y después, si algo quedaba, llegaban las dos hijas de la familia por las sobras que no eran otra cosa que su comida habitual: frijoles y tortilla.

Estos alimentos eran lo único que conocían aquellas niñas porque todo el año Carmen ahorraba diariamente del ya de por sí poco presupuesto familiar. Así lograba tener suficiente para alimentar a las visitas de una manera de la que no tuviera que avergonzarse. Ver que su madre prefería a sus parientes lejanos, a costa de dejarla con hambre, no era suficiente castigo. Sofía sufría burlas y groserías de sus primos: que si era fea, que si olía mal, que qué ropa horrible y vieja, que era una inútil como Carmen bien decía. A Yesenia, al menos, le alababan su belleza y lo claro de su piel, pero esto no impedía que se orinara: muchas veces dejó inundada la banca de la iglesia porque sus tías la habían obligado a ir a misa.

Carmen fue una madre a la que nunca se le permitió decir a su marido lo que pensaba de él y, en su lugar, hirió a la hija que tanto se lo recordaba. Dejó desnutridas a sus hijas porque fue incapaz de reconocer ante sus hermanas que se fue de su ciudad natal para malvivir en una roída vecindad, que antes fue una casa de citas, para casarse con un bohemio viudo e inútil.

Hay dos cosas que Sofía nunca le perdonará a su madre. Primero estaba el desdén que le imponía a ella y a su padre a causa de la lectura. El segundo y más fuerte era que le negara la comida a ella y a Yesenia, siendo que las veía flacuchas, con los ojos hundidos y deseosos de los alimentos que resguardaba para quienes las violentaban.

No parecen tan lejanas las navidades en las que Sofía y Yesenia salían a la calle a mostrar las abrigadoras mañanitas que habían recibido como regalo, mientras miraban con vergüenza y envidia que los otros niños tenían juguetes nuevos. Tampoco quedaban tan atrás el mal olor de axilas y el cabello grasoso por los que eran molestadas en la secundaria, o la vez que un hombre ya mayor les había tocado las piernas en el camión y pensaron que, debido a ello, ya no podrían casarse.

Carmen fue la segunda esposa de Martín; la primera murió en el parto de quien hubiera sido su primer hijo. El verdadero coraje de Carmen hacia su marido no era que fuera un inútil, o que tocara en un trío de boleros, ni siquiera el alcoholismo o la lectura, sino la tristeza que era el trasfondo de todo eso: el dolor que le provocaba haber perdido a su primera esposa y a quien debió ser su hijo. Carmen sentía que su vida no era más que la vida que salió mal para su esposo, que sus hijas nunca serían el hijo que perdió.

Ahora que veo a Carmen casi ciega y cargando varias fracturas, producto de la osteoporosis de la vejez, puedo imaginar que alguna vez fue hija y también una niña pequeña. Fue la primogénita y, por entonces, su papá era dueño de un próspero rancho en Casas Grandes, Chihuahua. Todavía se refiere a aquellos años como los más felices de su vida, aun cuando, una vez que estuvo enferma, me confesó que cuando era niña, andando en el monte, la habían violado.

Bebía leche directo de las ubres de las vacas, cortaba jitomates del huerto y los comía después de sólo sacudir un poco la tierra que los cubría. Siempre presume que no se enfermó ni una sola vez del estómago. A veces, su papá destinaba una vaca entera para la cena. Todavía estaba el animal en pie cuando llevaba a Carmen y a sus hermanitas a señalar qué parte querían comer.

Por aquel entonces comenzaba la Revolución y algunas veces las tropas de Villa dormían en el rancho. Carmen era muy pequeñita, pero recuerda los caballos y las pistolas, el miedo y la emoción que sentía de todo aquello. Su hermano menor nació, fue el único varón. Se llamó Daniel, como su padre, a quien poco después le dispararon. No se supo bien quién ni por qué. Carmen sólo recuerda que su mamá llevó al herido con todos los curanderos cercanos.

El bebé Daniel murió; cree Carmen que su madre lo descuidó por hacerse cargo de su esposo, quien terminaría muriendo también. La incertidumbre de la Revolución, una viuda y cuatro niñas pequeñas no eran buen pronóstico, en aquel entonces, para el cuidado del rancho. La madre de Carmen se fue con sus cuatro hijas a vivir con un primo suyo a la capital de Chihuahua: comenzó a lavar ropa ajena y las niñas a trabajar como domésticas.

Se acabaron los campos, las vacas, los jitomates, el río, las piedritas que iban a juntar en el monte para echar a los costales de frijol que vendían. Murió su padre y se acabó su madre también, porque nunca superó esa tristeza. Murió el rancho y su nuevo hermanito. Una parte de Carmen murió ahí también.

Creo que Carmen nunca le perdonó a su madre que dejara perder todo por lo que su papá había trabajado. Fue darle la espalda a él y abandonarla a ella y a sus hermanas. La languidez de su madre impidió que Carmen tuviera la vida que esperaba.

Después, trabajar aseando casas, primero las cuatro hijas, después sólo las mayores, para que las dos más pequeñas pudieran estudiar. Cuando cumplió la mayoría de edad, Carmen encontró trabajo en una fábrica, donde llegó a tener un puesto de supervisora. Ahí estaba cuando sus hermanas se casaron. Ya nadie la necesitaba y ella tenía treinta y cinco años. No podía quedarse soltera porque hubiera sido mal visto para su familia y por su familia, así que puso un anuncio en *Confidencias*, como se acostumbraba por entonces.

Dejó todo de nuevo. Se alejó todavía más de lo único que la unía a su padre, de la vida que hubiera tenido de no haber muerto él. Así fue como llegó a San Luis Potosí, a casarse con un viudo músico y lector, a continuar teniendo la vida que dejó como única opción la llegada intempestiva de la muerte.

Pero todo empezó antes, cuando Daniel, el padre de Carmen, era un joven zacatecano enamorado. Se comprometió con su novia en turno y se fue a trabajar a un aserradero a Alaska, esperando juntar dinero para la boda y la vida matrimonial. Estuvo allá dos años y, cuando por fin decidió volver a su destino, tomó el tren que lo llevaría de regreso.

La ruta era larguísima y una de las estaciones en las que el tren paró fue la de Chihuahua. Daniel sólo bajó del vagón a estirar las piernas, pero comenzó a llover, así que decidió ir a comprar un café. En la fonda donde se resguardó de la lluvia, le entregaría en las manos una taza con café caliente la que sería mi bisabuela, la abuela de Sofía, la madre de Carmen.

Daniel se quedó a vivir en Chihuahua, después de todo, ya no sería bienvenido en Zacatecas. En el viaje que emprendió para construir un patrimonio para ofrecer a su prometida, encontró a la que sería su esposa.

Desde ahora, parece difícil tejer los hilos azarosos de las vidas que desencadenaron lo que ahora es la familia Ayar, mi familia. Es extraño que justo el apellido que nos une nunca debió pertenecernos.

Por alguna razón, a mi padre me es más sencillo imaginarlo como un niño pequeño, supongo que el alcohol nos da a todos ese efecto. Es difícil hacer un recuento genealógico de su familia porque su padre legal no era su padre biológico. Bertha, mi abuela paterna, tuvo diecinueve hijos. Uno murió de cirrosis a los cuarenta y cinco años; otros tantos nacieron muertos y otros muchos murieron a los pocos días de haber nacido.

Es extraño que mi padre siga vivo, que haya sido tan fuerte para nacer vivo y para seguir con vida todavía hoy. Sobrevivió al parto en casa, a crecer entre los puercos de crianza, a las salidas descalzo en la madrugada para recoger latas de refresco de la basura, a las persecuciones que su padre le hacía con un machete para matarlo, al secreto a voces de saber que no era como sus hermanos.

Su madre lo protegía de los intentos de asesinato que, recurrentemente, intentaba aquel a quien el niño llamaba padre. Ella sabía que era la culpable de tantas injusticias a su pequeño hijo, porque no había nada más que hacer cuando los ojos rasgados del pequeño Pepe eran como los del tendero coreano que vivía en la esquina de la calle.

Supongo que, escrita, la historia parecerá burda, incluso cómica, pero de estas sensaciones no hay nada cuando ves a tu padre llorando, cayendo y golpeándose la cabeza con la taza del baño, perdido de borracho.

Después, no sé dónde buscarme, si en el abuelo Ayar: carnicero, alcohólico, mujeriego, jugador y violento o en aquel coreano, cuyos padres decidieron tomar un barco desde el otro lado del mundo para llegar hasta aquí. El caso es que ahora somos los Ayar y nos encantan los ojos rasgados, lo cual es una forma de legitimar también la vida de mi padre.

Supongo que si él pudo sobrevivir fue gracias a su madre. Siempre le temí a Bertha y ella nunca me dio un abrazo. En sus últimos años, todavía preparó el mole para el festejo de mi primera comunión y me regaló un ramo de florecitas moradas cultivadas en su jardín. Creo que por eso el morado es mi color favorito.

Tras su muerte, mi familia se desprendió del catolicismo. Siempre me parecieron extraordinarias las narraciones que la describían como una mujer que retaba a su esposo a pelear con machete; que hacía huir a los intrusos de su casa con disparos de rifle; que trabajaba la carnicería cuando su marido se perdía de borracho y con mujeres; que se las ingenió para tener al hijo de una aventura con su vecino exótico.

Supongo que mientras los padres nos arruinan, al mismo tiempo nos dan lo necesario para sobrevivir a manera de limar su fracaso anticipado. Dicen que amar es dar lo que no se tiene a alguien que no lo quiere. Supongo que la vida de los otros siempre terminará siendo nuestra vida; nuestro error es creer que nos pertenecemos a nosotros mismos, que estamos desvinculados, o mejor dicho, libres de todo lo que ocurrió antes. Pienso ahora que mi rodilla fracturada fue una analogía de todos los lazos dolorosos e incoherentes que tuvieron que ocurrir para que sucediera mi nacimiento.

III
Los cuatro hermanos Ayar

No sé bien cuándo elegí que mi primer recuerdo
sería éste:

Vivíamos todavía en la casa de la colonia Popular.
Había algo que llamábamos *el cuartito*, ahí estaba la
televisión. Mis hermanos mayores, Tobías y Tamar,
y yo, mirábamos *Los Simpson*. Cada que comenzaban los comerciales corríamos hasta la sala —era
una casa pequeñísima, así que tampoco había que
correr tanto—. Ahí, mi madre leía y nosotros pegá-
bamos las orejas y las manos a su panza para sentir
las pataditas de mi hermano Leo.

Yo todavía no imaginaba lo que sería tener un
hermano menor. Tampoco lo que implicaría para
mi familia y para mí, para la necesidad de escribir
esto. El augurio, en contraposición al mío, era excelente. La panza calientita de mamá, mis hermanos y yo juntos, la casa tranquila y *Los Simpson* en
la televisión. Pero a la vida, lo que la caracteriza,
no son estas escenas.

Necesitaba un hermano menor, pues mis padres
estaban haciendo conmigo lo que saben hacer me-

jor: malcriar. Si me hubiera conocido antes del nacimiento de Leo, me detestaría. Recuerdo esa vez que era Día de las madres, mi papá nos llevó a Tamar y a mí a comprar un regalo. Ella, rápidamente, vio un florero de plástico tornasol que simulaba a dos mujeres griegas desnudas sosteniendo jarrones que derramaban agua. Yo vi un osito de peluche.

Mi papá se esmeraba en convencerme de que lleváramos el florero como regalo de ambas; yo me negué rotundamente, quería el oso. Las artimañas de papá fueron muchas, incluso me dijo que, ya que el florero tenía dos musas, podríamos decir a mamá que una era regalo de Tamar y la otra mío. Pero yo estaba en esa edad en la que creía que si el mundo tenía el privilegio de existir, era gracias a mí. Salí de la tienda con el oso y Tamar con el florero. Ahora echo mucho de menos esa determinación en la defensa de mis deseos. En algún momento, decidí que sumarme a los intereses y necesidades de los otros era ¿preferible, más cómodo, más feliz?, que defender los propios.

¿Qué momento habrá sido ése? Cualquiera que haya sido, abrió un sendero en el que la niña del oso de peluche no tenía cabida, y si llegó a tenerla, se perdió en alguna vereda sinuosa. Tal vez si retroceda un poco, aún la encuentre. Tal vez no quiera encontrarla. Por supuesto, el oso quedó arrumbado en algún rincón de la casa hasta desaparecer. El florero sigue engalanando el librero principal de la sala.

Los hermanos son, al mismo tiempo, el malestar de saber que no somos únicos y la tranquilidad de sentirnos acompañados. Conozco a Tobías y a Tamar de toda la vida; él tenía once años y ella cuatro cuando nací. Siempre fueron el policía bueno y el policía malo. Tamar me metía a la casa para que no jugara con ella y sus amigas en la calle, Tobi me alcanzaba las cosas que me quedaban altas.

Fue fácil crecer con ellos. Supongo que lo mejor que Tamar me dio fue su protección y ejemplo. Siempre fue lo que debió ser: bonita, lista, tenaz. Ahora que la describo, noto que utilizo adjetivos contrarios a los que utilizaría para describirme a mí misma. Aun poseyendo la crueldad que caracteriza a los hermanos mayores, lo difícil no fue ella, sino los adultos y su afán de comparación. Mis tíos reconocieron su belleza; mi padre presumía su inteligencia y mi madre incluso le temía a su carácter.

Yo, en el mejor de los casos, la secundaba en todo: era pequeña, calva y débil, siempre me he visto a mí misma como una Marianela. Tamar era una niña de diez, mientras que mi apodo al entrar a la primaria fue "la reina de los nueves". Todos decían que debía ser gimnasta por su agilidad física, yo nací con la rodilla deforme. Ella encarnaba nuestra exótica ascendencia oriental, en mi cara morena esos mismos rasgos eran discriminados por nuestros familiares. Tamar había heredado el carácter fuerte de papá, yo su nariz ancha.

Todos los días desayunábamos huevo y frijoles. Como no había dinero, era imperdonable no acabarse la comida. Un día, mi mamá notó que alguien no se había comido su huevo. Mi hermana me culpó. Yo lo negué, pero Tamar siguió insistiendo. Su fama la precedía y no había motivos para desconfiar, así que Madre me obligó a confesar el crimen hasta que exploté en llanto por la desesperación de no ser creída. Fue entonces que Tamar confesó su mentira. Aún recuerdo la impotencia de no entender por qué mi propia madre no me creía, por qué asumía mi culpabilidad ante la sola acusación de alguien más. Ahí aprendí que la vida no tiene nada que ver con lo merecido, y fue una enseñanza que se reiteraría muchas veces después.

También aprendí que la estima que tenemos de nosotros mismos es igual de falsa que las mentiras que los otros nos imponen. En aquella ocasión, mi frustración residía en que no consideraba que hubiera hecho nada para ser acusada, y menos para no ser creída. Después habría de recordar que, tiempo antes de ese incidente, me caractericé por arrojar mi huevo estrellado por la ventana de la cocina que daba al patio. Mi madre encontró los huevos ya podridos entre los envases vacíos de

Coca-Cola de medio litro que papá tomaba todos los días en la cena, la única comida del día que hacía en casa.

Tobi era de mazapán y chocolate, un chico taciturno y callado, casi triste. Siempre estaba solícito a ayudar y cuidar, era toda una enciclopedia. No recuerdo mucho de él en mi infancia, pero, a partir de la pubertad, fue una figura determinante en mi vida.

Con Leo todo fue distinto, su llegada lo cambió todo. Antes de él vivíamos, si no holgadamente, sí tranquilos en aquella casita de la Popular. Teníamos un árbol de aguacate que daba tantos frutos, que después de regalar a todos los vecinos, amigos y familiares, todavía nos quedaban muchos a mí y a mis hermanos para escribir con ellos en la pared. Sí, escribíamos en la pared con aguacates pequeñitos. El color que dejaba era entre negro, café y verde: eran más divertidos que las crayolas.

Estaba también el ventanal de la entrada, que tantas veces tuvimos que cambiar porque papá llegaba borracho en el taxi y lo estrellaba; el patio de tierra que recuerdo, grandísimo en la parte de atrás, se inundaba cada vez que llovía y tenía mil plantas silvestres; las escaleras de las que caímos todos; el buró al que me subía todos los días para ver por la ventana; ser la última en despertar y escuchar a todos desayunar y reír; el triciclo azul que había sido mi mejor regalo hasta entonces y la tristeza de ya no caber en él.

En esa casa aprendí del autocastigo. Dice mi madre que yo fui su primera hija traviesa; Tobi y Tamar siempre fueron ejemplares. Aún me recrimina por la planta que maté a pellizcos, por los huevos arrojados por la ventana, por fingir que masticaba cuando no tenía nada en la boca, por treparme a todo: las escaleras, los libreros, las mesas, la alacena. Cada que me encontraba haciendo algo indebido, me quitaba de ahí mientras decía a modo de reprimenda: "Ay, Aura. Ay, Aura".

Alguna vez pasó tiempo considerable sin que mi madre supiera nada de mí. Ya se sabe que cuando hay niños y silencio no se puede esperar nada bueno, así que comenzó a buscarme. Recorría las habitaciones de la casa sin encontrar nada; su habitación, en la que el buró estaba vacío; el baño abierto sin nadie dentro; Tamar y Tobi viendo la televisión en el cuartito sin saber nada de mí; la yerba pellizcada solitaria en la sala... Hasta que, acercándose a la cocina, escuchó mi voz. No entendía bien qué era lo que yo decía, pero se fue acercando hasta que el sonido se hizo más nítido. Una vez en la cocina, escuchó claramente. Yo decía en tono de regaño: "Ay, Aura. Ay, Aura".

Mi madre rio en lugar de ayudarme a desatorar mi cabeza de entre el refrigerador y la pared. Le pareció muy gracioso que la curiosidad me hubiera llevado hasta ahí y que, una vez atrapada, en lugar de pedir ayuda, comenzara a castigarme a mí misma.

También aprendí de la complicidad. En cierta ocasión, jugaba con Tamar en el cuarto de mis padres. Ella tiró un perfume al suelo y se rompió. Recogió los trozos y limpió la evidencia. Después, me hizo jurar que nunca se lo diría a mi madre. Asentí. Ante Tamar no se puede hacer otra cosa sino asentir.

Temerosa del juramento que acababa de hacer, la ansiedad se apoderó de mí, nadie quiere echarse en contra a Tamar, todos debemos alejarnos de su furia. El temor que sentía radicaba en que me asumía indiscreta e imperfecta, no sabía muy bien cómo asegurarme de estar a la altura de aquel juramento que había tomado.

De pronto, todo estuvo claro. Salí corriendo de aquella habitación, bajé las escaleras, crucé la sala y llegué a la cocina, donde estaba mi madre, para decirle, todavía agitada por el recorrido: "Tamar no rompió tu perfume favorito. Tienes que saberlo: Tamar no rompió tu perfume favorito".

Todos caímos por esas escaleras. Papá, varias veces, estando ebrio; yo, cuando me puse las botas vaqueras de Tobi; Tamar, una vez persiguiéndome; Tobi, bajando la ropa sucia; mamá, subiendo botes con agua caliente para bañarnos, traía chanclas, una se le salió y se echó encima el agua hirviendo.

El boiler no servía y, por alguna razón, les parecía más sencillo acarrear agua caliente todos los días que arreglarlo. Así funcionaba mi casa, así funciona mi familia. Aquella vez, mamá tuvo que ir al hospital por las quemaduras, quedó con manchas en la cara y en los brazos. Pienso que, frente al espejo, cada quien puede ver sus cicatrices, invisibles a los otros, de todas las quemaduras causadas por incendios que no apagamos al primer aviso de fuego.

Pese a tantas caídas, fueron cinco años lindos en esa casa de la que no supe, sino hasta hace poco, cómo llegó a nosotros. Pero esa historia la cuenta mejor mi papá.

IV
La casa que dejamos

Que nosotros tuviéramos casa fue producto de imaginación, trabajo y pura transa. Yo venía llegando de Dallas, y aunque ahorré para vivir los siguientes meses, me encontré a mi padrino, que me dijo que un amigo suyo había abierto un minisúper y que andaba buscando carnicero.

Seguro mi padrino me vio toda la intención de estar de huevón y por eso me consiguió el trabajo. La verdad es que yo quería descansar un rato de tener que estarle rindiendo cuentas a todos: al coyote, al *boss*, a tu madre.

Todavía ni se borraban las huellas que me dejaron las garrapatas por pasarme por el río, pero ni pedo, así es esto del baloncesto; me fui buscando trabajo, ni modo que ahora dijera que no a lo que me ofrecían. Por fortuna, Javier, mi jefe, era a toda madre, un transa de primera, pero a toda madre. Yo ganaba lo que cualquier trabajador de minisúper: poco. Pero fueron años muy agradables.

Un día Javier, me dijo, mientras veía anuncios en el periódico:

—Oye, Pepe, ¿tú tienes casa?

Yo le dije que no, y como si mi respuesta le hubiera parecido la más absurda del mundo, me contestó:

—¿Y por qué no?

Yo me solté a reír y le dije:

—Ay, pero qué cabrón, Javier, ¿cómo que por qué no? Seguro porque no se me había ocurrido... ¡Qué pedo! Si tú sabes cuánto gano, tú eres el que me paga.

Y a lo mejor sí estoy muy pendejo, pero si en aquel entonces ganaba, por decir, quinientos pesos a la semana, no creo que eso alcanzara para comprar una casa.

Muy *chilas pelas*, como era su costumbre, Javier me dijo muy quitado de la pena:

—No, Pepe, ¿cómo está eso? Tienen que tener su casita. Vamos a preguntar al banco cómo está el asunto, yo te acompaño.

Javier preguntó todo en el banco. Resulta que pedían un enganche de ciento ochenta mil pesos y cinco referencias comerciales. Yo no tenía nada de eso y nomás volteaba a ver a Javier con ojos de "ya vámonos, ya vámonos, ya vámonos". Los del banco dijeron que el enganche podía darse en tres meses. Y Javier:

—¡A huevo! Pronto les traemos la primera parte del dinero y las referencias.

Ya afuera del banco, me dijo:

—Tú trata de juntar todo el dinero que puedas y yo me encargo de las referencias.

Pinche Javier cabrón, no he conocido a nadie que haga lo que él: se compró plantillas de letras, acá chingonas, en las papelerías y él solito se puso a armarme las referencias comerciales. Así nada más, como en las películas gringas de fraudes. En el banco quedaron muy contentos los pendejos.

El dinero fue otra cosa. Yo puse todos los ahorros de Dallas y tu madre todo su aguinaldo. Por algunos meses nos restringimos muchísimo de todo. Al final, logramos reunir treinta mil pesos y se hizo el trato de la casa.

Sabrá Dios qué teníamos en la cabeza para animarnos a firmar el contrato, pero lo hicimos. Juntar ciento cincuenta mil pesos sonaba imposible después de todo lo que tuvimos que hacer para juntar treinta mil. Pero Javier me dijo:

—No te apures, ahorita firma y ya, luego vemos cómo le hacemos.

Yo ya me estaba viendo sin casa y perdiendo esos treinta mil pesos. Luego pasaron como dos meses y Javier me preguntó que cuánto dinero tenía.

—Pues nada —le dije.

—Bueno, ven, vamos a ver a unos güeyes.

Resulta que esos güeyes eran parientes de un abogado, político y escritor, de esos chingones de la época, reconocido y de billetes, muy importante en la ciudad, se apellidaba Herzog.

—Estos güeyes tienen un chingo de lana —me dijo Javier—, para ellos, ciento cincuenta mil pesos no son nada.

Imagínate la casa a la que íbamos, de pura gente de billetes y yo todo chamagoso, un vil güey que vale para pura chingada. Javier me dio una sola indicación:

—Tú nomás sígueme la corriente. —Y pues entró en esa casa como Juan Camaney y saludando a todo el mundo, parecía diputado el cabrón.

—Fíjense que este muchacho trabaja conmigo —yo tendría como veintiséis años—, es muy trabajador y, platicando, nos dimos cuenta de que le hacía falta una casita y yo la verdad es que lo animé a tenerla, pero nos encontramos con que le faltan ciento cincuenta mil pesos al chamaco. Entonces, yo en confianza, le dije: "Mira, vamos con estos cuates, son buena gente, solidarios. Y pues, lástima que yo no tengo de momento... pero ellos son mis amigos y no hay problema...". ¿Cómo ven? Yo les firmo de responsable, porque la verdad es que lo aprecio, es muy trabajador, sí se merece que vaya creciendo su patrimonio.

Total que ahí los siguió cuenteando y le dieron el sí. Ya ni me acuerdo cuánto se tardaron en darnos ese dinero, si un día o una semana, pero lo que sí recuerdo es que, al salir de esa casa, Javier me dijo:

—¡Ya chingamos, Pepe, ya chingamos!

V
El otro

Dicen que uno se define a sí mismo sólo a partir del otro. Tal vez por ello mi primer recuerdo nítido son las pataditas de Leo en la panza de mi madre, la evidencia de ese otro que estaba por llegar.

Antes de eso están sensaciones vagas de olores, sentimientos y compañía: ir con Carmen, mi abuela materna, al mercado sobre ruedas al salir del jardín de niños; los frijoles que llegaba pidiendo a su casa, siendo que en la mía nunca los quería; jugar con Tamar, las cosquillas que Tobi me hacía; el cuidado con el que papá me peinaba y me cortaba las uñas, como si toda la vida se hubiera preparado para ese momento; los cuentos que mamá nos leía a mí y a Tamar antes de dormir mientras Tobi leía su primera enciclopedia con personajes de Disney.

Tan diferentes que éramos ya desde entonces. Recuerdo que Tamar siempre se quedaba dormida a mitad del cuento, mientras que yo no podía dormir aun después de que acababa. No dejaba de pensar cómo sería encontrarte sola en el bosque con un lobo, sentía la angustia de imaginar a los pajaritos comiendo las migas del pan que habría de regresarte a casa, aunque también me tranquilizaba que los hermanos siempre estuvieran juntos. Lloré tanto con el ruiseñor que dio su vida en las espinas de una rosa para una chica malcriada y un chico fantasioso, me prometí que nunca provocaría algo así. Algo me duele todavía cuando pienso en *La pequeña cerillera*.

Tal vez en estas historias estuvo el origen de la incipiente tristeza que ya se asomaba. De cualquier modo, es notable el contraste entre personalidades. Mi hermana, tan pragmática, utilizaba el cuento para dormir, y yo, habitando la historia en mi cabeza, cedía el sueño a cambio de seguir en ese mundo de ficción.

Leo nació en el mismo hospital que yo, cuatro años después. Mi padre estaba ebrio y no recuerdo por qué, pero mientras mi mamá estaba internada, mi papá y yo nos sentamos en la banqueta afuera del hospital. Por alguna razón, recuerdo mucho sus palabras, una historia en la que me contaba que él siempre estuvo enamorado de una chica de la cuadra que no era mi mamá, pero que siempre fue un cabrón y entonces embarazó a mi madre. Todo porque un día, cuando llegaba del rastro, vio a Sofía sentada en la banqueta, comenzó a llover y él le hizo compañía bajo las tejas de su casa.

De algún modo, recuerdo que pensé o sentí (no ubico bien la diferencia) que toda la vida de mi padre, a la que yo pertenecía, yo y todos mis buenos momentos, no iba a ser nunca la vida que él habría querido tener. Siempre seríamos lo que salió mal, la lluvia que le empapó los huesos aquella tarde.

Después de eso, no recuerdo mucho, sólo que debíamos jugar en silencio, que Tobi nos cuidaba a Tamar y a mí, que la casa empezó a encogerse y que visitábamos otras para encontrar una donde Leo tuviera cabida.

A mis padres les dio un ansia pequeño-burgués y eligieron una colonia a cuyo vecindario nunca perteneceríamos: Cumbres. Ya no hubo aguacate, pero sí una habitación más. La cama de mis padres no soportó la mudanza y llegó destrozada. Ya no había escaleras para que todos cayéramos, pero sí tres baños y una cocina integral. No imaginaba para qué podrían necesitarse tres baños en una casa tan pequeña.

Aun con la nostalgia generalizada de la casa que dejábamos, de ésa en la que mi madre sigue recordando que es donde, alguna vez, fue feliz, todos estábamos entusiasmados. Llegamos un Día de Reyes de 1994. Muchos sabían de la crisis que se avecinada, pero nosotros no pudimos preverla ni menos imaginarla.

Tobi estaba por entrar a la universidad y lo llamaban los ideales zapatistas. La devaluación económica hizo que la sola mensualidad de la casa fuera más que el sueldo de todo el mes de mi madre. A mi padre le desmantelaron una carnicería que acababa de abrir después de que Javier cerró su supermercado. Él vendió la concesión del taxi y el coche para dar el enganche de la nueva casa y para la carnicería, que se esfumó en la nada. Yo estaba por entrar a la primaria y había un nuevo bebé.

Un día, Leo estaba sentado en el piso de la sala jugando con trastes de la cocina. Yo, siguiendo la tradición de crueldad que caracteriza a los hermanos mayores, llegué desde atrás y le grité. Mi mamá leía en la sala, estaba por regañarme, pero no dijo nada. Pasaron unos segundos y me pidió que volviera a gritarle. Yo pensé que era una broma, pero volvió a pedírmelo. Lo hice otra vez, mi mamá nos observaba con detalle de entomólogo. Leo seguía jugando con los trastes tranquilamente. Mamá se levantó del sillón y dejó el libro que leía, no puso el separador.

Recuerdo su cara de extrañeza y varias pruebas que le hizo a Leo después de eso. Recuerdo la plática tensa entre ella y mi padre. Recuerdo visitas al médico. Recuerdo más visitas al médico. Siguen sin acabar las visitas al médico. Leo era sordo. O, al menos, ése fue el diagnóstico de entonces.

No sé si antes o después, Leo enfermó y todos acudieron a su cuidado. Tamar llegó a la pubertad y ya no jugaba conmigo; Tobi estaba siempre en la escuela o ayudando en la casa; papá, deprimido y ebrio; mamá, cansada y de mal humor. Los gritos eran cada vez más frecuentes, así como el hambre.

Recuerdo que un día me quedé con un libro en la cama esperando a mamá, dijo que, en cuanto se desocupara, iría a leerme un cuento. Nunca llegó. Al menos, por esas fechas aprendí a leer. Otro aprendizaje de la época fue sublimar mi dolor.

Una de las primeras enseñanzas que te dan los padres es que si tomas medicina cuando no estás enfermo, te enfermas. Agarré el frasco de la medicina de Leo y no sólo tomé las tres gotas prescritas para él, sino muchos goteros completos, ni siquiera recuerdo la cantidad. La fiebre fue terrible y supe lo que eran los supositorios.

Lloré mucho, era un llanto sonoro y exacerbado, pero no mayor a las lágrimas sigilosas que resbalaron por mi cara cuando me quedé esperando a mi madre, con libro en mano, hasta que me dormí de cansancio.

Supongo que, por entonces, nos acostumbramos a estar tristes. Mi madre un día se desvaneció en el trabajo, parece que la situación la sobrepasó. La devaluación, la sordera de Leo, las deudas, el incipiente alcoholismo de Tobi y la falta de trabajo fijo de papá le ocasionaron que entrara a la menopausia antes de los cuarenta años.

Papá estaba deprimido por quedarse sin concesión del taxi, ni coche, ni carnicería y por tener un niño "enfermo". Consiguió trabajo sólo a ratos como ayudante de un hojalatero. Todos los días iba y venía caminando porque no había dinero para pagar el pasaje del camión. Estos recorridos tardaban cuatro horas al día. Siempre usaba la ropa más vieja y sucia que podía, era absurdo que se empeñara en verse como vagabundo cuando todos los días entraba y salía de su casa en Cumbres.

Mamá ha tenido tres oportunidades para negar o escapar del matrimonio con mi padre. La primera fue en esa época, cuando la policía lo detuvo porque les pareció sospechoso que alguien con finta de vagabundo deambulara por las calles de aquella colonia, tuvieron que escoltarlo a casa porque no le creyeron que viviera allí. Fue hasta que mi madre lo reconoció como su esposo que la patrulla desistió de sacar a mi papá del vecindario. La segunda fue varios años más tarde, cuando papá enfermó y mamá quiso darlo de alta a su servicio médico, pero no había registro de su acta de matrimonio ni siquiera en la oficina del registro civil donde se casaron. La tercera, una demanda de divorcio a la que nunca le dio seguimiento.

En esa época, muchas veces terminamos por caminar adonde debiéramos ir porque no teníamos dinero suficiente para los pasajes del camión. Recuerdo la sensación de vergüenza que me invadía al realizar la indicación de mi madre de ir por debajo de la pasarela para no pagar mi pasaje;

tenía que hacer un pecho tierra para poder pasar porque yo ya era muy grande como para caber por ahí, pero debía hacerlo.

Un día, mamá, Leo y yo vimos a lo lejos que nuestra ruta del camión estaba en la parada, corrimos hacia él y subimos. Íbamos tan aprisa que mi madre olvidó recordarme que me pasara por debajo de la pasarela; íbamos tan aprisa que yo lo olvidé también. Aquella vez, el chofer nos bajó del camión y tuvimos que caminar todo el trayecto a casa. Fue humillante y fatigoso. Leo lloró e hizo berrinche varias veces durante ese trayecto. Madre ya estaba demasiado cansada para cargarlo y él estaba demasiado cansado también para caminar. Terminamos ignorándonos entre todos para lograr seguir arrastrando los pies que debían llevarnos a casa. Sé que mamá me odió esa vez, ¿para qué necesitamos un castigo si con la culpa basta?

En otra ocasión, una en la que sí pasé por abajo de la pasarela, me entraron unas ganas tremendas de orinar. Yo traía puesta una falda y una blusa rojas con puntitos blancos que una tía me había regalado. Ella confeccionó la ropa y la idea era que fuera para su hija, pero la talla resultó no ser adecuada y, entonces, me la regaló a mí. Aquella ropa me gustaba mucho porque difícilmente lograba tener alguna cosa tan colorida y nueva, normalmente todo lo que yo vestía había sido primero de Tamar.

—Mamá, quiero hacer pipí.

—Aguántate, ya mero llegamos.

Esperé un poco.

—Mamá, me anda mucho.

—Que ya mero llegamos, espérate.

Yo sabía que eso no era verdad, que faltaba todavía cerca de la mitad del recorrido.

—Mamá, de verdad, ya no aguanto.

—¿No te puedes aguantar? Haz lo que quieras, entonces.

Su enfado era evidente. Creo que yo esperaba que bajáramos del camión, me ayudara a buscar un baño o, al menos, un arbusto escondido o un espacio entre dos coches estacionados donde pudiera orinar, y después tomáramos otro camión. Supongo que eso era imposible porque, en caso de que bajáramos del camión, no había dinero para volver a subir.

—Mamá, es que de verdad ya no aguanto.

Y era verdad, incluso tenía mucho dolor.

—¡Pues orínate! Eso es lo que quieres, ¿no? ¡Orínate!

Yo no sabía si debía asustarme o seguir su orden.

—¿Aquí?

—Pues no te puedes esperar a que lleguemos a la casa...

—Es que de verdad ya no aguanto.

—¡Pues orínate!

Yo sabía que no debía orinarme, pero necesitaba hacerlo. Primero liberé un poquito de orina nada más, un chorrito, como quien se asoma por una puerta para ver si no hay nadie en la otra habitación. No ocurrió nada, nadie me miraba, menos mi madre, que se rehusaba a verme y se concentraba en la ventana. Leo jugaba con un cochecito sin llantas en el asiento de adelante.

Liberar ese chorro hizo que la necesidad de orinar fuera más y más imperante. El calor de la orina en el asiento me fue liberando del dolor que sentía; la humedad iba subiendo por mi ropa y, finalmente, un chorro de orina fue cayendo por la borda del asiento, primero de un lado y después del otro.

Mi mamá no dijo nada y sólo se cambió al asiento de adelante con Leo. Para cuando debimos bajarnos del camión, la orina ya se había enfriado y era de noche. Me paré entre el charco que había creado y la tela húmeda de la falda se pegaba a mis piernas y escurría haciendo un caminito que fue desde el asiento del camión hasta mi habitación.

No volví a ponerme ese conjunto rojo con puntitos blancos ni mi madre a mencionar el tema. Lo precario de nuestra situación no se vivía sólo en relación con el transporte público, sino con todo lo demás. No teníamos para pagar los recibos de la electricidad y nadie del vecindario accedió a "pasárnosla", decían que era un delito.

Y era verdad, pero en la antigua casita de la Popular, nuestros vecinos nunca hubieran dejado a una familia en las penumbras. No sé cuántas extensiones tuvimos que unir para logar que la vecina distante a cinco casas nos pasara la luz. Lo que sí recuerdo fue la travesía de visitar a familiares y conocidos para que nos donaran las extensiones extra que tuvieran.

Creo que al único que recuerdo feliz por aquellas épocas es a Leo, jugando con sus cochecitos sin llantas, nadando entre las esponjitas que servían como relleno de almohadas, mojando con la manguera a los que transitaban afuera de nuestra calle. Qué suerte que fuera sordo.

VI
Formaciones
y deformaciones

Es extraño lo contrastantes que pueden ser las representaciones de madre y de abuela en una misma persona. Nunca fui a la guardería porque Carmen me cuidó y fui muy feliz con ella. Cuando estaba cerca la hora de la comida, íbamos a la tortillería. En su casa devorábamos, uno tras otro, tacos improvisados de azúcar y piloncillo. Cuando la sopa y el guisado por fin estaban listos, debíamos ir de nuevo a comprar tortillas porque nos las habíamos terminado todas con el postre anticipado.

Cuando dejó de cuidarme, comenzaba su dolor de piernas, la dieta de verduras y las caminatas largas. Con ella, hasta los tacos eran de azúcar, no era difícil imaginar que la diabetes venía en camino.

Yo entré a la escuela por primera vez. Supongo que nadie me había explicado cómo sería, pero yo lo vi siempre en mis hermanos y mi mamá: a todos les gustaba y yo asumía que no debía ser tan malo. Fue raro llegar y ver que todos los niños lloraban, no podía entender por qué lo hacían, sólo estaríamos ahí tres horas. Pero si algo recordé fue el consejo de papá: "Si a algo no le entiendes, haz lo que hacen los otros niños. A donde fueres, haz lo que vieres".

Entonces, siguiendo la indicación, solté el llanto. Carmen y mi papá seguían en la entrada de la escuela y se acercaron a la reja para preguntarme por qué lloraba.

—Porque los voy a extrañar... Creo. Es que todos los demás lloran.

Ambos rieron mucho y me dijeron que no debía llorar si en realidad no quería hacerlo.

—Lo sé, pero es que es muy triste verlos a todos llorar —dije mientras me limpiaba las lágrimas.

Por alguna razón, siempre fui la nueva del jardín de niños. Estuve cada año en una escuela distinta. El primero, en la colonia de Carmen; el segundo, en la Popular, donde doña Rosalía me recogía, y el tercero, en un pueblo fuera de la ciudad, al lado de la primaria donde mi mamá daba clases.

Del primero, recuerdo el vaso de fruta picada que costaba un peso, Carmen siempre me lo compraba al salir. Del segundo, tengo presente el abultado lunar que doña Rosalía tenía junto a la nariz y que parecía tener hijitos que se le asomaban haciéndole un caminito hasta el cuello.

El último fue muy distinto. Ya vivíamos en la casa de Cumbres. Había que levantarse muy temprano para que papá nos llevara en su taxi a la Alameda a tomar el camión que nos llevaba hasta Milpillas a mi madre y a mí. Muchas veces llegamos y el transporte ya se había ido, todavía antes íbamos a dejar a Leo a la guardería. Aquel chofer nos dejaba sobre la carretera y había que caminar hasta la escuela primaria donde trabajaba mi madre. Extraño esos camiones en los que el timbre era un cordón que lo recorría todo y podías hacerlo sonar desde cualquier lugar, incluso estando de pie sobre cualquier asiento.

Una vez me olvidaron. Nunca he sido buena para levantarme temprano. Muy seguido, cuando terminaba mi desayuno, iba a recostarme de nuevo en la cama hasta que había que salir de casa. Las prisas y el coche abarrotado hicieron que aquella vez pasara desapercibida mi ausencia.

Por suerte, ese mismo día mi madre olvidó también una carpeta con papeles que debía llevar a su trabajo, por lo que tuvo que volver a la casa. Una vez ahí, vio el chonguito de mi cabello sobresaliendo de las cobijas y notó que me había olvidado también a mí. Antes notó la ausencia de una carpeta de su trabajo, que la mía.

Creo que en esos traslados a Milpillas obtuve el gusto por los viajes. Ahí y en las largas caminatas que daba con Carmen como recomendación del doctor ante su diabetes. Me sorprendía lo desolado del lugar, las casitas desbalagadas de adobe, lámina y cartón. Me encantaba la escuela y su terreno grandísimo, todo desgastado y ocre, pero grandísimo; "La marcha de Zacatecas" como timbre de entrada sonando desde el tocadiscos.

De 7:30 a 8:50 acompañaba a mi madre en su trabajo. Hubo un director que siempre me cargaba, daba vueltas y me daba besos, detestaba la sensación de su saliva en mi mejilla, aunque me encantaba ser su centro de atención. Cerca de las nueve, madre enviaba a dos de sus alumnas a dejarme a mi escuela.

Una de ellas se llamaba Bere, me gustaba mucho que ella me cuidara, aunque Madre no siempre la elegía porque, a veces, no hacía la tarea. Recuerdo que me extrañaba mucho su olor a carbón y fogata. Allá todo olía a carbón y fogata.

Durante el recreo, en mi escuela compraba una mitad de naranja con chile en polvo y luego iba a los juegos. No sabía columpiarme, pero me echaba de panza y dejaba que el columpio hiciera lo suyo.

Recuerdo un Día de Reyes en el que me tocó el niño Dios en la rosca y decían que a quien le tocara debía hacer una fiesta para todo el grupo en el día de la Candelaria. En cuanto lo vi en medio del pan, recordé las pláticas de mis padres sobre deudas, que sólo comíamos lo que nos podían fiar en la tienda de la esquina: papas, tortillas, huevo y queso. No podía llegar a casa con la noticia de que debía dar una fiesta para todo mi grupo. No lo pensé demasiado y aventé la figurita de plástico por debajo de la mesa.

Cuando terminamos la rosca, entre todos limpiamos el salón. Alguien halló al niño Dios de plástico en el piso, alguien más dijo haberme visto deshacerme de él. La maestra me preguntó si era cierto, le dije que sí, me preguntó por qué. Con la cara un poco detrás de mis manos se lo expliqué. Me dijo que no había problema, que tuviera más confianza para decir esas cosas, que no estaba obligada a llevar nada el día de la Candelaria. Yo suspiré con alivio y la quise mucho, se llamaba Cristina.

La quise incluso después de que no me dejó participar en el cambio de escolta, siendo que yo era la abanderada. Lo hizo porque, como ya mencioné, muy seguido se nos iba el camión que nos llevaba hasta Milpillas y ella no podía arriesgarse a que yo faltara el día del evento. Ese día lloré durante todo el regreso a San Luis.

Ahora noto que me fue muy difícil comprender la situación de ese lugar, yo me asumía pobre e, incluso, sin entender lo que implicaba, sabía que el país estaba en crisis económica porque Madre y Tobi siempre hablaban de eso. No me daba la cabeza para dar significado a las cosas que hoy recuerdo, como los mocos verdes saliendo de casi todos los niños de aquellas escuelas, las casas llenas de agujeros, el olor a humo, los regaños de mi madre a Bere porque llevaba sus útiles escolares de la Chalita.

Yo no sabía qué tenía eso de malo, la Chalita era el supermercado de moda por entonces, nosotros también comprábamos a veces ahí. No sé bien en qué momento supe que la Chalita, para los habitantes de Milpillas, era el tiradero de basura al que llegaban todos los desperdicios de San Luis y que toda esa comunidad sobrevivía del oficio de pepenador, incluso los niños de la primaria y mis compañeros del kínder.

Ahí cobraban sentido las caras sucias, la ropa rota, las manchas blancas de la piel, la insistencia de mi madre al decirle a sus alumnos que se bañaran al menos una vez a la semana, lo cual era complicadísimo para un lugar sin drenaje ni agua potable.

Recuerdo que cuando supe esto, sentí algo muy extraño al haberme asumido pobre ante todos mis compañeros aquel Día de Reyes. Lo más cercano a describir el sentimiento sería aquella vez en que nadie fue por mí al kínder: yo me metí al terreno de la escuela de mi madre por el agujero de la pared que conectaba ambas escuelas y empecé a correr. Corría más rápido de lo que debía, la tierra se levantaba con mis pasos. En mi mano, cargaba el pez que había hecho pegando frijolitos.

Pensaba que no llegaría nunca. Recuerdo la caída que tuve al pasar por las letrinas, tropecé con una piedra. Los frijolitos de mi pez salieron volando entre los olores añejos a orines y excremento.

Llegué arrastrando, entre sangre, mi pierna derecha. De nuevo mi pierna derecha.

Ese día, además, comenzaría el apodo que aún me sigue vigente. Al verme llegar con las rodillas raspadas, Tobi se rio mucho y me dijo que yo siembre estaba herida y golpeada, que siempre algo me dolía, así que comenzó a llamarme Dolores, Lola, Lolita, Loli, Lo, Li, Lilo. Poco a poco, a todos en la familia les fue más fácil llamarme así que por el nombre de Aura.

Para entonces, yo todavía no sabía las repercusiones que este apodo tendría en mí a partir de la pubertad. Tal vez si lo hubieran sabido, no me hubieran llamado así con tanta gracia. En realidad, me gusta cómo suena. Lola, Lolita, Loli, Lo, Li, Lilo.

El día de mi graduación, también perdimos el camión a Milpillas, la maestra Cristina se previno bien al sacarme de la escolta. Por alguna razón, mi madre no podía faltar ese día a trabajar, así que papá nos llevó en el taxi hasta allá. Le pedí a Madre que, al menos, fuéramos a recoger mi reconocimiento.

Llegamos para que me dijeran que no había reconocimiento para mí, que falté demasiado a clases como para merecerlo. Volví decepcionada a la primaria de mi madre. Hambrientas las dos, en lugar de comprar las gorditas que hacían las señoras del pueblo, mi mamá mandó traer dos latas de atún, nunca ha sido capaz de comer nada proveniente de la calle y menos en un lugar sin agua potable. Comimos tacos de atún directo de la lata; tenía tanta hambre que atiborré mi tortilla, pero nunca lo había comido así, de modo que sentí un asco terrible y no pasé de esa primera mordida.

VII
Deseo cumplido

Todos mis amigos llevaban lonche a la escuela y yo tenía $1.50, con lo que compraba un taquito de canasta o una dona de chocolate. Decía mi abuela que esto era envidia de la buena, pero no podía contener mi saliva ante los hotcakes en forma de cabeza de Micky Mouse, las uvas verdes lavadas y separadas del racimo, los sándwiches de tres pisos, la fruta con yogurt y granola, los hotdogs con tocino, las tortas de jamón y aguacate...

Un día le dije a mi madre que no entendía por qué mis amigos sí llevaban lonche y yo no. Me respondió que eso ocurría porque yo desayunaba en casa. Al día siguiente, llegué al salón con la consigna de preguntar a mis compañeros si además del lonche que llevaban a la escuela, también desayunaban en su casa. Me dijeron que sí y a Madre no le quedó más que prometer que al día siguiente yo tendría el mío.

Mi estómago ya gruñía cuando sonó el timbre del recreo, ¿qué me habría preparado mamá? ¿Una minihamburguesa, quesadillas en tortilla de harina, perlas de melón?

—Voy por mi lonche y las alcanzo —les dije a mis amigas para que vieran que ya era parte de su cofradía.

Nada extraordinario, una torta mal envuelta en una servilleta dentro de una bolsita transparente de reúso. Tenía mi lonche y sonreía feliz. Quité la servilleta y la bolsa hasta la mitad de la torta, como había aprendido que se hacía en los años de ver hacerlo a los demás. Mordí la torta sabiéndome cuidada y querida por mi mamá como el resto de los niños de la escuela.

Sentirme parte de esta comunidad duró muy poco, las lágrimas comenzaron a brotar de mis ojos; era asco, uno terrible que me hizo devolver la torta mordida a la bolsa. Mi madre me había preparado de lonche una torta de huevo revuelto con cebolla picada. No sé de dónde venía mi repulsión, pero cada vez que mordía cebolla, aunque fuera un pedacito, mis ojos se ponían rojos y comenzaban a producir lágrimas de asco.

La primera vez que me pasó todavía iba en el jardín de niños y Madre me obligó a tragar el bocado y terminé vomitando. Después, cada vez que esa textura y sabor aborrecidos se las ingeniaban para llegar a mi comida, debía ir al bote de basura a vaciar mi boca.

—Tal vez esto tenga arreglo —me dije tratando de no dar por arruinado el momento.

Pero no, no lo tenía. Aun cuando intenté quitar los pedacitos de cebolla, eran tan pequeños y transparentes que cuando creí que ya los había quitado todos, di otra mordida para darme cuenta de que no, de que ahí seguían, de que estarían presentes para siempre.

La segunda mordida volvió a llenar de lágrimas contenidas a mis ojos, pero esta vez se debían a la certeza de que, en este recreo, estaba todavía más sola que antes, cuando sólo tenía $1.50. Me levanté del círculo en el suelo donde estaba sentada con mis amigas, antes de que se percataran de que lloraba. Fui a mi mochila y puse aquello hasta el fondo de mis libros. Mi estómago seguía rugiendo.

Durante días no supe qué hacer. Divagaba entre tirar la torta a la basura o comerla, pero no podía hacer ninguna de estas dos cosas, como tampoco pude decirle nada a mi madre más que agradecerle:

—Muchas gracias, mami, estuvo muy rico, pero siempre tuviste razón: como yo desayuno en casa, lo mejor es que ya no me prepares lonche... Nunca.

La torta seguía detrás de *Historia de México*, bajo mis colores Mapita, al lado de citatorios y tablas de multiplicar olvidadas, sin tocar el libro de *Lecturas*. Todos los días arreglaba con muchísimo cuidado los libros en mi mochila, vigilando que la torta no se saliera ni fuera vista. Cada que sacaba o metía una libreta, la veía como recordatorio de mi asco y mi vergüenza. Cada timbre para salir al recreo estuve dispuesta a comerla, pero el solo recuerdo del asco me hacía desistir.

No sé cuántos días pasaron, pero esta vez la decisión no cesó. Sonó el timbre, saqué la torta de la mochila, suspiré y la abrí para comerla. El bolillo estaba lleno de manchas redondas que oscilaban entre el verde, el azul y el blanco. Ningún asco previo se comparó con lo que viví en ese momento.

El terror que sentí me hizo inspeccionar los hongos detenidamente. Cuando pude reaccionar, me acerqué a un bote de basura y tiré mi lonche para siempre.

Después de todo, después de tanto, esa torta terminó en la basura. Después de mi angustia, de mi asco, de lo difícil que fue tomar una decisión. Después de todo lo que quise evitar desperdiciarla. Pero sobre todo, lo que queda en mi memoria es la manera en que terminó uno de mis más queridos y profundos deseos de infancia. Uno que, al menos, se hizo realidad.

VIII
El club
de los amigos perdidos

Ahora que vuelvo a saber lo que es el sexo, leo y escribo más. Desde esta premisa, me parece sospechoso que mi primera novela la haya leído a los nueve años: *Una visita inesperada* de Agatha Christie.

Mientras más pienso en las lecturas que mi madre me acercó en aquellos tiempos, más aumenta mi certeza de que no tenía idea de que yo aún era una niña pequeña, como si los alumnos de primaria con los que trataba todos los días le impidieran verme así. O como si más que querer una hija, necesitara una compañera.

Antes de leer, sólo tenemos el mundo cercano y limitado de los sentidos. Nuestros alcances terminan en las manos y los pies, en lo que llegue a nuestra lengua, en lo que nos ocurra en el día. La lectura, en cambio, permite acceder a otros mundos antes insospechados. Sientes cosas que seguramente nunca te han pasado y puede que nunca te pasen. Aprendes cómo resolver situaciones antes de que sucedan, experimentando las enseñanzas que te dejan los héroes leídos. Tejes hilos inconexos y otorgas coherencia a las historias que no tendrían por qué tenerla. Conoces la empatía y también, ¡ay!, la mentira.

De pronto lo que sientes en tu lengua es algo que nunca has comido o chupado, tus pensamientos parecen levitar sobre la habitación, se convierten en una naturaleza distinta a la del cuerpo que yace sobre el sillón, a esa aparente postura de calma, a ese rostro cubierto con los forros en piel o las hojas amarillas del libro en turno. Un vórtice que concede el don de la ubicuidad.

En mi familia, leer siempre implicó cierta jerarquía, un rito de paso. Antes, yo sólo veía películas de dibujos animados. Después, pude acceder a ese momento especial de fin de semana en el que Tobi y Madre iban a Video Cactus a rentar VHS. La dueña sabía de los gustos difíciles de mis familiares y siempre procuraba hacer recomendaciones que no los decepcionaran.

Leer me acreditaba a ver todas esas extrañísimas películas en idiomas desconocidos, pues podía leer los subtítulos. Recuerdo, en particular, una de ellas, me parece que se llamaba *Memorias de Antonia*. Todavía son recurrentes en mi cabeza dos escenas de esa película. Una de ellas es el pasillo de una casa algo vieja, a los costados había infinidad de habitaciones, al centro, una niña pequeña recorría el pasillo.

Pienso que esa niña debió haber tenido mi edad. Las puertas seguían una tras otra mientras la niña avanzaba. La cámara permitía tomas rápidas de lo que ocurría dentro de cada habitación. Todas eran escenas de sudor, saliva, pieles, roces, gemidos, miradas perdidas, cuerpos enrojecidos. Imagino que, en ese entonces, yo no sabía lo que era el sexo.

Después de eso seguro seguí sin saberlo, pero siempre recordaría esa sensación de tensión en mi entrepierna, las ganas de dejar mi postura inamovible en aquella silla desvalijada del comedor desde donde veíamos los VHS, el dolor disfrutable de una zona de mi cuerpo en la que nunca había reparado, pero que, desde entonces, tendría presente. Al igual que la mano cálida de Tobi que intentaba, en vano, taparme los ojos para que no presenciara esas escenas.

En la otra escena había una joven que deseaba tener un hijo, pero no quería pareja, así que buscó a alguien para tener sexo y nada más. Durante la escena de sexo mi cabeza todavía estaba en aquel pasillo con puertas de madera, así que no recuerdo mucho cómo fue. Lo que sí recuerdo es que, al terminar, el hombre se fue y ella se paró de manos apoyándose en la pared, buscaba ayudar a los espermas a que encontraran su óvulo, siguiendo las recomendaciones de una amiga suya.

Antes de eso, las mujeres que había visto desnudas eran mi madre y Tamar, pero esta imagen era muy distinta. La piel blanquísima, el corte de cabello al hombro, un tanto alebrestado y crespo, como ese sexo escondido tras una mata igual de crespa que en la cabeza, el vientre plano y unas tetas pequeñas y hermosas, perfectas, incluso contrariando la gravedad.

Fuera de eso todo siguió siendo Disney, *Nube Luz*, *Chabelo*, *La Pantera Rosa*, *Los cuentos del espejo*, que aunque siempre tenían la peor calidad de señal, eran los más cautivadores, como el de la princesa que quería a su padre más que a la sal, o el rey que convertía en oro todo lo que tocaba.

Eso y un sinfín de comedias románticas hollywoodenses que Tamar elegía de Video Cactus. De esos tiempos recuerdo todavía diálogos completos de *La boda de mi mejor amigo*, *Mujer Bonita* o ya tardíamente, *Diez cosas que odio de ti*. El *soundtrack* me acompaña todavía algunas veces al año.

Imperdibles eran también los sábados de cine permanencia voluntaria del canal 5, donde se volvieron entrañables *Matilda*, *Volver al futuro*, *La historia sin fin*, *Mi primer beso*, *Las brujas*, *Jumanji*, *Querida, encogí a los niños*, *Casper*, *Liberen a Willy*, *La laguna azul*, *El jardín secreto*, *La Princesita* y *Cuidado, bebé suelto*.

Tal parece que, contrario a lo que siempre dice mi madre, vimos mucha televisión. La mayoría con doblaje, de donde creo que se desprende mi fetichismo por las voces, a partir de esa que al mismo tiempo era Kevin Arnold, McGiver y Gokú, la misma que me llevaría más tarde a enamorarme de Mark Ruffalo en *Si tuviera 30*. Pero, sobre todo, la voz del doblaje argentino de Terry Grandchester, ese prototipo de joven rebelde de cabello largo que recitaba a Shakespeare: "Aquellos que se ríen del dolor ajeno es porque no conocer el dolor".

Y los amigos, tan entrañables como ausentes hoy. El primer niño que me gustó, la crueldad que se vive en la infancia y seis años en la misma escuela. Aprender, aprender mucho.

Supongo que el halago a su caja de colores convenció a Melissa de que yo era su amiga. Eran tan bonitos todos esos colores que se asomaban de la caja por el hocico abierto de un león, más cuando los míos siempre fueron Mapita o Blanca Nieves, que se acababan sacándoles punta porque, apenas la apoyabas sobre el papel, se rompía. Recuerdo a Melissa llorando cuando le iba mal en los exámenes, creía que a los niños a los que les iba mal en los exámenes los encerraban en la escuela-internado. Yo le decía que no, que ésa era una mentira que los padres inventaban para que nos esforzáramos, pero Meli era una bobita frágil y noble a la que sólo le calmaban el llanto las ma, me, mi, mo, mu del pizarrón o el pase de lista.

Todos los días yo olvidaba alguna cosa necesaria para la escuela; tanto que mis amigos llevaban lápices extra para prestarme. Me los prestaban aun sabiendo que perdería los suyos y que tendrían que llevar más para prestarme al día siguiente. Es una cualidad de mis amigos que se mantiene vigente.

Supongo que siempre me ha costado distinguir lo que pasa de lo que imagino y deseo, como esa vez que seguro me quedé dormida en clase, pues resulta que mi maestra nunca dijo que al día siguiente no debíamos llevar libros porque todo el día haríamos ejercicio. Es muy extraño, ya que recuerdo claramente su voz cuando lo dijo, incluso hizo algunas flexiones cuando lo explicaba.

El hecho es que al día siguiente yo fui la única que llegó sin mochila a la escuela: resultó que el día escolar del ejercicio no existía. O existía, pero sólo en mi imaginación o en el sueño en que se me apareció. Los dos siempre han buscado dejarme en ridículo. Dicen que tengo hipersomnia; varias veces me he quedado dormida también en el diván del dentista, lo que a muchos les parece imposible.

También por aquellos años comencé a atender mis dientes en la escuela de estomatología. No había dinero para pagar médicos particulares y ahí era muy barato debido a que los estudiantes eran quienes atendían. Recuerdo a un dentista en particular, me encantaba su voz cuando decía: "Te voy a recostar, en cuanto te duela paramos, abre más, voltea hacia mí", todo mientras paseaba sus dedos por dentro de mi boca sin ningún reparo. Verme reflejada en sus pupilas, sentir el calor de su pecho junto a mi cabeza. Sí, seguro tengo hipersomnia.

Aunque estaba en una escuela pública, mi primaria se ubicaba a un par de cuadras de la plaza principal del centro histórico. La mayoría de los alumnos era de clase media-baja, nadie media-alta, algunos como yo, baja-baja. Sospecho que mis amigos siempre me tuvieron entre aprecio y lástima. Mis calcetas siempre estaban amarillas, eran las que Tamar desechaba. Mis libretas eran las más baratas y estaban forradas penosamente.

A los otros niños, sus madres les cosían los cuadernos con cuidado y les ponían etiquetas de esas que yo nunca había tenido porque Madre escribía mi nombre directo sobre el papel lustre de forro. Mis amigas iban perfectamente peinadas y yo, todavía algo calva, asistía con mi poco cabello mal cortado por mamá y un chonguito que daba la impresión de que alguien me había jugado una broma enmarañándome las bolitas. La de la broma, de nuevo, era mi madre.

Mis zapatitos estaban desnivelados de la suela porque mi rodilla me hace pisar chueco, tan chueco como se puede pisar con unos zapatitos pegados con Resistol 5000. La suela no sólo estaba chueca, sino desprendida del zapato. Mis compañeros hacían burla diciendo que lo amarillo que se veía seguro era huevo pegado. Cuando llegaba a casa, debía quitarme el uniforme y eso incluía los zapatos, pero batallaba siempre para hacerlo porque mi calceta se había quedado pegada también.

Aun con todo, Meli hacía como que nunca notaba estas cosas y siempre me dio sus ojos tiernos y su compañía reconfortante. Todo lo contrario de Karina, quien me trataba como su sirvienta y organizaba dinámicas de juego en las que siempre debíamos ser sus súbditos, nos acusaba de gordas y nos traumó tanto que dejamos de comer y adelgazamos mucho.

Mi mamá nunca supo por qué de pronto dejé de comer y adelgacé tanto, siempre pensó que sería más alta y que esa etapa me dejó chaparra. No comer teniendo hambre. No comer aun cuando la comida se consigue con tanto sacrificio.

Cuando inicié el último año de primaria se pusieron de moda los chismógrafos y yo me empeñé en tener el mío. Para entonces, ya me gustaba Gonzalo, el niño listo de mi salón, tan contestatario como uno puede serlo en la primaria. Corregía a la maestra las cosas que nos enseñaba mal, le decía del desacuerdo en sus decisiones, nos organizaba para que decidiéramos entre nosotros lo que nos venía mejor. La maestra, más que mal intencionada, era tonta.

Gonzalo era hijo único, su mamá fue vocal de mi grupo y siempre organizaba las mejores fiestas, era, al mismo tiempo, tierna y elegante. Su papá lo recogía a la salida, cuando Gonzalo ya estaba jugando futbol a un costado de la escuela con un bote de Frutsi relleno de papeles. Recuerdo a su papá muy distinguido, alto, con maletín y una barba cerrada. No sé qué tanto era que me gustaba Gonzalo o si más bien era que yo quería ser él: hijo único, con una madre que encajaba perfecto en su rol, con su ropa linda y cuidada; con ese padre tan distinguido y guapo. Creo que a ese señor se remonta mi fetiche por las barbas.

Pero nada dura para siempre y sus padres se divorciaron casi cuando salimos de la primaria, fue un rumor que todos sabíamos y que nos apenaba mucho. Veíamos a su madre tristísima y pálida; su papá dejó de ir por Gonzalo a la escuela y él comenzó a tomar el transporte escolar, una combi azul cielo.

Recuerdo la goma que me prestaba y los chistes que me decía. Recuerdo que venía a sentarse en el piso frente a mi mesabanco y esperaba que le contara algo nuevo que hubiera leído. Fue él quien me inauguró como la reina de los nueves. Recuerdo aquel globo en forma de corazón rosa que me dio el 14 de febrero en sexto año. Fui la más feliz de la escuela aun cuando el corazón rojo se lo dio a una niña de quinto año. No lo culpo, yo hubiera hecho lo mismo, ella se parecía a Matilda.

Es extraño que quede nada o casi nada de esa vida y aún siento que lo quiero cuando recuerdo sus ojos en mí. Con los años, ha habido reencuentros de aquel grupo de primaria. Nadie sabe nada de él. En la preparatoria se le perdió el rastro cuando se dio de baja repentinamente. Los rumores dicen que su madre enfermó y que tuvo que dejar la escuela para cuidarla, pero eso no explica su suicidio social, la ruptura que tuvo con todo su mundo conocido. Aún hoy nadie sabe nada y en internet no hay nada suyo, he intentado buscarlo con todas las combinaciones posibles de su nombre, pero nada cambia.

El chismógrafo lo hice porque quería saber más de él. Recuerdo su dirección, calle Guerrero 450. Recuerdo su número de teléfono, 8175201, al que dejé de llamar cuando se cansaron de que buscara a un niño llamado Gonzalo que no vivía ahí. Todavía lo echo de menos y me lo imagino siendo médico o ingeniero civil, como respondió aquella vez a la pregunta "¿Qué quisieras ser de grande?".

Ese chismógrafo ya no lo tengo porque cerca de mi cumpleaños número quince fui a visitar a Meli y se lo dejé para que recordara esa época en la que fuimos tan felices. Me lamento ahora de no haberme dado cuenta de que su palidez y el paño que cubría su cabeza no eran sólo casualidad. Meli murió de cáncer meses después. Yo nunca supe por qué justamente en esos tiempos la recordé y la llamé y la fui a visitar y le dejé ese chismógrafo.

Me he imaginado muchas veces el dolor de su madre recogiendo las cosas de su cuarto, poniéndolas en cajas, encontrando ese chismógrafo en el que todos éramos promesas. Meli quería ser secretaria, hubiera sido una excelente, le gente hubiera ido a sacar cita a donde ella trabajara sólo para ver su sonrisa, por sentir su calidez.

Mi madre siempre ha sido un tanto seguidora de rumores conspiracionistas y después me contaría de cierta leche en polvo que vendió la Conasupo y que alimentó a muchos de mi generación. Ella decía que era una leche tóxica contaminada en el desastre de Chérnobil. Incluso cuando los medios internacionales recomendaron a todos los países no comprar nada de estos productos, Salinas de Gortari y otros tantos se habrían enriquecido haciéndolo. Hincharon sus cuentas bancarias a costa de sonrisas tiernas y miradas cálidas como la de Meli. Te odio, Salinas, de verdad te odio. Fundaste el club de mis amigos perdidos.

Ahora, mientras escribo esto, veo en el portalápices de mi escritorio el lapicero rojo de gel, el Bic negro de punto mediano, el azul de punta rotatoria y el lápiz Mirado del número dos que Meli me prestó por última vez en aquel tercer piso donde cursábamos sexto de primaria. Olvidé llevárselos el día que le dejé el chismógrafo. No podré regresárselos nunca.

IX
Pubertad con notas al pie

Pienso que mi resistencia a los cambios proviene de cuando terminé la primaria, del abrazo cálido que me dio Gonzalo en la graduación, cuando lloré al sentir sus manos envolventes, de las promesas a Meli de vernos siempre. Despedirme de las donas cubiertas de chocolate y de las escaleras donde alguna vez me caí hacia atrás mientras cargaba mi mochila y luego no podía levantarme, como una tortuguita.

Adiós a mis calcetas amarillas y a mi pants azul rey brilloso por el uso. Adiós a la reina de los nueves que no fue admitida en la secundaria en la que hizo trámites, a la que fueron Madre y Tamar, la misma de la que yo no fui digna pero sí otros compañeros que apenas alcanzaron la calificación mínima para graduarse. Madre me consiguió un lugar en una secundaria venida a menos para púberes de clase baja-baja que aceptaba a algunos de clase media alta corridos de los colegios privados.

Aun así, tuve tres profesores excelentes y fuera de las torturas de la juventud y de las contradicciones propias de estar extraviado, esos años cobrarían sentido más tarde. Entonces yo todavía no sospechaba que mi profesor de educación artística de segundo año sería mi pareja varios años después.

En segundo año, me enamoré de quien nunca debí enamorarme —la historia de mi vida—, un muchachito corrido de uno de los mejores colegios de San Luis, listísimo, pero igualmente acelerado, acostumbrado a ser el centro de atención y a tener siempre perfecto su cabello. Supongo que estar en esa escuela le permitía seguir con la tradición de su clase de ligarse chicas que vieron todas las telenovelas en las que Thalía era alguna María y se enamoraba del chico rico.

Eso, y además estaba yo, que siempre le representé un reto, jugando a besarme de improvisto, a regalarme cosas, a cargarme en sus brazos y darme vueltas en medio de todos, pararse frente al grupo, declamarme un poema y gritar que me amaba. Colarse en los honores a la bandera los lunes, tomar el micrófono y gritar:

—¡Aura, te extrañé cada día del fin de semana! Ven y cuéntame un cuento al oído. ¿Verdad que todos queremos escucharla? —se dirigía al resto de la escuela, entre la extrañeza generalizada, la curiosidad de los hombres por saber quién era esa misteriosa Aura que podría susurrarles cosas al oído y las miradas celosas de todas las niñas que me odiaban por ser el centro de atención del niño guapo de la escuela.

Hugo me sonreía guiñándome un ojo mientras lo llevaban a la dirección. A la par, él las besaba y tocaba a todas, menos a mí. Organizaba concursos para premiar a la mejor besadora, los mejores senos, las mejores caderas, los más sexys movimientos de abdomen. Sentaba a cada una de las gemelas en sus piernas mientras besaba a una y acariciaba a otra.

Algunas veces, en medio del sopor que implica presenciar esto, iba a masturbarme al baño y me masturbaba también en las noches, antes de dormir, pensando en el brillo de su cabello dorado, en lo fuerte de sus músculos pegados a mí. Quería y no que me tratara como a las otras, que rebajara mi valor personal a su servicio sexual, pero, al parecer, era genuino el respeto y cariño que sentía por mí.

Esto me generaba cierta jerarquía sobre las demás niñas de la escuela, pero, al mismo tiempo, asumía la imposibilidad de que fuéramos algo más. Yo, una Marianela, él, jugador de futbol americano —en verdad jugaba futbol americano y, además, yo era fly en la tabla gimnástica de la escuela, pero negaré este frívolo pasaje de mi vida cada que me lo pregunten en público.

"La esperanza parece que se agarra más cuando más chica es", nos alecciona Galdós. Todos los días caminábamos a casa después de clases, ambos vivíamos en Cumbres y eso era lo único que me ligaba a él. Fuera de eso, yo no era rubia, ni atlética, ni católica, ni de escuelas religiosas privadas, ni de madre modelo y padre banquero. Incluso, parecía que eso le agradaba de mí, como si supiera que aquélla iba a ser la única oportunidad en su vida de interactuar con esa "variedad" que yo le representaba.

En estas caminatas aprendí que debajo de esa soberbia e impostura de arrogante, era lo mismo que todos: un niño solo y triste de padres ausentes. Acostumbraba a robar cosas de los supermercados sólo por deporte, pasó una Navidad en la cárcel por esto. Ese 25 de diciembre me regaló un disco robado de Diego Torres, que, según él, era lo más parecido que imaginaba a la música extraña que escuchaba yo.

Tal vez en esos años fue que comencé a obsesionarme con mi imagen, noté los signos de pobreza que había en mí —como unos dientes que hacían juego con la falta de alineación de mis rodillas—, mi piel oscura, mi cabello escaso, mi ropa vieja.

Al llegar a la pubertad me habían prometido un desarrollo corporal que por entonces no había llegado y que creo que ya nunca llegará. Sabía que mi valía no residía en mi físico, aunque desconocía si pudiera existir en otra parte.

Supongo que la comparación es el ejercicio más cruel que podemos ejercer sobre nosotros mismos y los otros. Recibí mi propio desprecio al compararme con Tamar y luego con esas otras chicas que Hugo frecuentaba. Recibí también un desprecio de segunda mano de parte de mi madre.

—Cuando naciste, vino a verme al hospital tu tía y lo primero que me dijo fue: "Esta niña no está como Tamar".

No fue necesario que aclarara nada porque con la inflexión de voz hizo notorio que se refería a "No está [blanca] como Tamar". Fue cruel que mi tía le dijera esto a mi madre, fue cruel también que ella me lo dijera a mí. Fue cruel que desde la secundaria me enseñara a maquillarme porque, de otra manera, parecía "india tejimarilla". No sé de dónde se habrá sacado "tejimarilla", pero en esta etapa se reforzó la idea que ya tenía desde niña de saber que mi piel morena me hacía diferente a mis hermanos y que no era algo bueno ni dentro ni fuera de mi familia.

Comencé a "arreglarme" en la secundaria con la idea asumida de que había algo en mí que no era correcto y debía disimular. Qué cansado es despertar cada día sabiendo que debes parecer otra cosa, intentarlo, desvivirte en ello, para que, de cualquier manera, las consecuencias por ser tú sean ineludibles. Hubiera querido que mi madre no fuera discriminada por "fea, morena y pobre" para que yo no viviera el traslado en mí de esas vivencias suyas.

Pasaron un par de años en los que Hugo y yo fuimos los mejores amigos que se besaban deseosamente en su coche. Conocí a sus padres y a sus amigos, me llevó a su grupo de oración católica. Íbamos al cine y a dar largas caminatas.

Alguna vez, hasta hizo de celestina y me emparentó con un amigo suyo. Yo sentía que debía tener novio porque era lo esperado por aquellos años, así que acepté. Aquello duró cinco días. Prefería estar con Hugo, que me besara tras cautivarse de cualquier cosa que pudiera decirle. Prefería ir a su casa y ver a su hermano que lucía aún mejor en vivo que en las portadas de revista de la alta sociedad potosina. Prefería acompañarlo con sus padres y a recoger a sus hermanitos del colegio, ver que se conformaba un cuadro que yo sólo había visto en las imágenes de familia que acompañan los marcos para fotografía que se venden en las importadoras.

Además, me sentía muy bien. Como buena familia católica, me miraban con la curiosidad de un niño en el zoológico, admirando que, *pese a* mis orígenes, los cautivaba con un par de frases que, según ellos, sonaban a anacronismo en alguien tan pequeño de edad y de físico.

Ese romance falsamente hollywoodense ocurría simultáneamente al regreso de Tobi de los caracoles zapatistas. Fueron dos años en que estuvo fuera de casa y lo vimos volver flaco y amarillo, con una tristeza que nunca ha podido quitarse de los ojos. Regresó a profundizar en un alcoholismo que contribuiría a desarticular mi ya destartalada familia.

Recuerdo las cartas que mandaba, en las que describía con detalle sus días en Chiapas, las tarántulas que salían de sus botas al sacudirlas antes de ponérselas; los enfrentamientos con el ejército; la comida y medicamentos escasos; la gratificación que le daban los niños en las clases de matemáticas y español; las pláticas con Samuel Ruiz; la impotencia de sus alcances ante aquella situación.

Recuerdo el miedo de mi madre, saber que su hijo tal vez no regresaría nunca, como nunca regresaron tantos otros. Y el miedo que no se disipó cuando él volvió y hostigaban llamando por teléfono sin contestar y había siempre coches y gente vigilando la casa y tomando fotografías.

Nunca he sabido a ciencia cierta lo que ocurrió en aquellos años. Era difícil distinguir lo sucedido de lo que Tobi imaginaba a partir de su *delirium tremens*. No se diferenciaba lo que realmente había vivido de todas esas escenas que le habían contado o había leído: su dolor era igualmente cierto.

Mi madre, además, siempre ha sido paranoica, aunque ya se sabe, el hecho de que seas paranoico no quiere decir que no te persigan. Lo cierto es que recuerdo que, por aquellas fechas, a cuadra y media de nuestra casa, llegó el ejército y confiscó cuernos de chivo, apresó también a quienes vivían ahí, acusados de posesión ilegal de armas y creo que hasta de terrorismo.

Tal parece que eran armas destinadas al EZLN y aun cuando en la sobremesa Madre y Tobi siempre hablaban sobre política, cine y literatura, él no quiso comentar nada del asunto. Es difícil creer que tu hermano es guerrillero cuando lo ves orinado en sí mismo pidiéndole a tu madre diez pesos para comprar un tonayán. Dice mi padre que si una bebida alcohólica es más barata que el alcohol etílico, hay que ponerse suspicaces.

Por alguna razón, yo era quien convivía más con Tobi. Dice Madre que eso es debido al temperamento, que él y yo nos parecemos a ella y que Tamar y Leo se parecen a mi padre. El caso es que lloré con él de madrugada cuando me contó la matanza de Acteal. Ni ver a Tobi en medio de esa vulnerabilidad y dolor en donde las lágrimas se hacen uno con las gotas de la nariz se comparaba con la imagen de la gente cayendo al piso en una iglesia, asesinada a sangre fría por la espalda. Nada se acercaba siquiera a la imagen de crueldad gratuita de abrir los vientres de las futuras madres. Ninguna escena de terror vista o imaginada se parecía a aquello.

Tobi me enseñó lo que era el capitalismo y el socialismo, me habló de Marx y de Engels, de los soviets y la Revolución Cubana, del mayo de París y el 68 mexicano, de la devaluación de 1994 y el Fobaproa, del Che y del Subcomandante Marcos, del peronismo y el Partido Comunista, de Trotsky, Frida Kahlo y Diego Rivera, de Nahui Ollin y Tina Modotti.

Juntos aprendimos la discografía de Silvio y de Sabina, de Pablito y de Fito. Juntos lloramos mucho de madrugada, él desvariando entre el tonayán y los cigarros Delicados, yo sin saber qué hacer con todo ese dolor.

Para entonces, mi padre ya no bebía. Cuando descubrieron la sordera de Leo, él le juró a Dios que no bebería hasta que su hijo se curara. Hasta la fecha sigo sin entender muy bien a qué se refirió con eso, para el caso, hubiera valido la pena que hiciera el juramento por Tobi y por mí también. Estábamos enfermos de dolor.

Me extraña que los padres vean tal grado de autodestrucción en su hijo y que lo presencien como simples espectadores. Tal vez era la culpa; después de todo, Tobi sólo seguía el ejemplo de mi padre y se aprovechaba de la nulidad de mi madre. O tal vez era que ya estaban demasiado embebidos en sus propios problemas como para voltear a ver este otro.

Aun hoy, no sé qué opinión tenían ellos de que yo haya pasado mi pubertad desvelándome mientras escuchaba historia marxista de un ebrio delirante y deprimido. Tal vez ni siquiera lo notaron.

Para entonces, la situación económica había mejorado un poco. Mi papá se había asociado con un conocido para poner un local de venta de carnitas y comida mexicana que tardó en afianzarse, pero lo hizo. Todo el capital era de Arturo, su amigo, y toda la mano de obra de mi padre. Ir a ese local fue mi primer trabajo, a los ocho años.

Hacía cosas sencillas como lavar trastes, moler la salsa y luego empaquetarla en bolsitas, meserear, calentar las tortillas. Tamar hacía de todo, lavar los cazos, el patio, hacer las quesadillas de sesos, cobrar a los clientes, hacer notas y facturas. Papá preparaba la comida y atendía a los clientes.

El primer día, me rebané el dedo pulgar cortando un aguacate, no estaba acostumbrada a lidiar con cuchillos de aquel filo. No estaba acostumbrada a lidiar con cuchillos de ningún tipo. Cuando lavaba los trastes, era tan bajita que el agua me escurría por los codos e inundaba toda la cocina.

Papá me explicaba cómo hacer todo. Contrario a mi madre, era sumamente meticuloso con las tareas físicas. Aprendí a escoger la verdura, a limpiar, a cortar, a acomodar, a tratar a los clientes. Un año después, me puso a cobrar y tuvo que enseñarme a hacer cuentas rápidas, porque yo intentaba hacer los cálculos mentales como en la escuela y me tardaba muchísimo. Así que aprendí a dar el cambio completando las cifras de lo cobrado con el pago total.

Me molestaba oler siempre a carnitas y tener las manos mantecosas. De ahí mi fijación por lavarme las manos. Pero me encantaban las caminatas que hacíamos hasta la casa cuando salíamos del local, o levantarnos temprano para ir allá en el fresco de la mañana. Madre siempre ha sido restrictiva con todo, pero papá nos consentía. Recuerdo esas idas al Mercado de Abastos como mis únicos recuerdos de abundancia en la infancia, la única vez que escuché: "Agarra lo que quieras", y como yo no sabía qué tomar, terminaba sin tomar nada, pero la sola posibilidad era gratificante.

También lo eran las cantidades enormes de todo, el bullicio, la diversidad de productos que existían y que yo no había intuido siquiera que podía haber. Lo que detestaba es que la carne siempre escurría sangre, pero me sentía útil y parte de algo.

Una vez, papá cazó un ratón y me dijo que lo echara a la basura. Cuando vio mi cara de terror, tomó un pedazo de periódico, lo envolvió e hizo ademán de dármelo. Yo seguía con cara de terror.

—¿Por qué no lo agarras?

—Porque es un ratón muerto.

—Lo único que tú vas a tocar es el periódico. Da lo mismo que adentro haya un billete de cien pesos, un ratón muerto o nada.

Me convenció y recuerdo todavía esa enseñanza con la que no sé si estoy de acuerdo, pero aquella vez funcionó.

Fuera de eso, lo demás era escuchar Exa FM con Tamar y ver comedias románticas, correr tras de Leo al llevarlo a sus terapias de lenguaje, avanzar la tarea ahí y después leer en la sala de Cumbres todas las novelas policiacas que se cruzaran en mi camino.

Cuando cumplí trece años, Tobi me dio *Rayuela* y *Nuestro hombre en La Habana*. Ahí comenzó un mundo del que casi no entendía nada, pero que me daba mucho placer, uno que subsanaba la ausencia de atención de mis padres y la falta de amigos de la cuadra. En aquella colonia nadie salía a jugar a la calle porque se iban al club deportivo. Al menos tuve muchos libros en casa gracias al vicio de mi madre.

Contra todo pronóstico, Hugo terminó aceptando que estaba enamorado de mí. Eso fue un desastre ya que mi familia repudiaba todo lo que él representaba, su religión, su educación, su dinero, incluso su fisonomía. Perder mi virginidad con aquel cuerpo que no he vuelto a ver sino en las revistas fue vivir mis propias *Memorias de Antonia*, los propios recuerdos de Aura.

Supongo que ése es el momento al que deben dirigirse todas las juventudes: la pérdida de la virginidad. O al menos la mía, porque él hacía tiempo que era sexualmente activo.

Ahora que lo pensé, creo que lo mejor fue que tal cosa nunca pasara, aun cuando, en su momento, invertí algunos minutos en imaginar cómo sería la posibilidad. Que tal cosa sucediera habría terminado siendo un desastre porque yo acabaría odiando todo lo que Hugo representa. Además, por fortuna, la pubertad no dura para siempre. Además, por desgracia, ése no es final para ninguna Marianela.

X
La historia que no escribí

Si comencé a escribir es porque siempre te gustó que te escribiera. Nos escribíamos todo lo que no podíamos decir, para evadir nuestra responsabilidad sobre lo dicho, por cobardes. O porque no estábamos cerca y era una buena manera de traerte a mí. Si te escribo es porque no estoy contigo. Si me lees es que volvimos a estar juntos.

La adolescencia es la mejor etapa de la vida porque comienzas a tener las libertades de un adulto, pero no sus responsabilidades. La juventud otorga la sensación de que todo durará por siempre, aun la dicha. Escribir sobre Elio es algo que he rehusado hacer porque los textos implican un orden claro y lógico de lo narrado, la seguridad del escribiente de conocer las acciones que formarán secuencias, la disposición de ofrecer un inicio y un final, otorgar sentidos y causas. Yo no tengo nada de eso, sólo lo que vivimos juntos y ahora su ausencia, tan omnipresente y demoledora que ni la mejor prosodia, que no poseo, ha de absolver.

Algunas veces nos dirigimos a una colisión y no lo sabemos. Nadie imagina que un encuentro trivial termine siendo lo menos trivial en el mundo. Nadie espera que lo menos trivial en el mundo termine en nada.

Elio todavía no lo sabía, pero el boicot contra su profesor de ética y valores fue la antesala a nuestro encuentro: hizo que todos voltearan sus asientos hacia la pared, dando la espalda al maestro. Éste corrió a Elio de su clase, que empezó su ya conocido recorrido de expulsión por la escuela. Vio al *geek* de su grupo sentado en una jardinera con otros que parecían de la misma cepa y decidió sentarse también, tal vez hasta burlarse un poco de ellos.

Mi primera clase aquel día era de Química, pero la maestra de Geografía llegó a sacarme del salón. Me ofreció inscribirme a su olimpiada, pues a Chuy le había dado apendicitis y ya no podría acudir. El incentivo era el permiso de no entrar a clases y, en su lugar, estudiar con la comisión de la olimpiada.

No supe si debí sentirme halagada por la invitación u ofendida por ser sólo un reemplazo. El caso es que aquel día en clase de Química nivelábamos ecuaciones y cualquier otra cosa ofrecía una mejor perspectiva. Esa cualquier otra cosa resultó ser la Olimpiada de Geografía, en la que no gané nada; y mi amor de adolescencia, en el que perdí todo.

Después de ahí todo es azar de vida cotidiana a la que quisimos otorgar significados mesiánicos.

Que te hayas sentado junto a mí en aquella jardinera de la comisión de la Olimpiada de Geografía, que te hayas sorprendido de que no errara ninguna capital del mundo. Que hayamos coincidido días después en la Olimpiada de Matemáticas, y en la de Física también. Que, en medio de una conferencia sobre la teoría de las cuerdas, a mí me dio hambre y tú me cediste tu fruta con yogurt y tu barrita All Bran. Que sólo tú y yo, de la preparatoria entera, conocíamos el conflicto de la minera que buscaba instalarse en aquel territorio de donde tu abuelo era ejidatario. Que el EZLN promovió la Sexta Declaración de la Selva Lacandona y que el Subcomandante Marcos viniera a San Luis. Que fuéramos jóvenes y nos invitaran a una escuela de cuadros de teoría marxista. Que nos sintiéramos solos en el mundo y nos éramos un lugar para habitar. Que antes no hubiéramos amado porque este amor no hubiera podido templarse si no era en nosotros. La plenitud de gritar: "Dondequiera que nos encuentre la muerte, bienvenida sea".

El amor verdadero existe y dura dos años. Aquel tiempo mítico en el que me decías: "A esto, el tiempo lo embellece. Todo pasa y nosotros nos quedamos. Todo tiene su momento y nosotros tenemos toda la vida. No hay que hacer de prisa lo que es para siempre". Ese tiempo expandido en que éramos todo lo que debíamos ser. Sacábamos buenas notas y hacíamos activismo y atletismo, íbamos a todos los festivales culturales posibles. Nos corrían de los parques por dormir en ellos bajo una cobija y tus padres tocaban desesperados a la puerta de tu habitación donde teníamos nuestro propio ecosistema.

Los libros y las películas nunca se acababan. La verdad que encontraba en tus ojos era la única verdad, los roces con los que recorrías mi cuerpo, que terminaba siendo el tuyo y viceversa. Un río cálido para llorarlo todo, el sexo y la injusticia, *Un homme et une femme* y "The way you look tonight", las calles y los sueños, tu piel y mi sudor.

Nuestros cuerpos eran cajas chinas que se resguardaban mutuamente. Yo hubiera podido seguir así el resto de los días, de la vida; desde entonces y hasta siempre. Pero nosotros conocíamos de Historia y de Literatura, que toda ideología se aniquila cuando se realiza y que toda novela tiene un punto final. Proust nos enseñó que no por conocer una cosa se le puede impedir. La vida se asemeja a esas películas de terror en las que estar al tanto de la maldición que posees no hace más que acelerar su materialización. Cuando vi venir el final, me apresuré a hacer un sinfín de intentos, si no por evitarlo, al menos sí por procurarle un significado que nos eximiera del olvido, que no del dolor.

Después de eso, la contrariedad de unos ideales que unos cuerpos delgados y ágiles de diecisiete años no pudieron soportar. Asumirte de pronto gustoso frente al espejo y asediado por las que admiraban con un poco de temor que te corrieran de la escuela por arrancarle las mangas a la camisa del uniforme, que te veían en las fotos de los periódicos encabezando las protestas sociales mientras sostenías antorchas, pancartas y consignas. Ese escozor que contrariaba tu deseo de que yo fuera la única. Ese malestar que nunca supiste describir sino como posmodernidad y que a las tres semanas yo vería que no era más que enamoramiento hacia alguien más.

Todo es significados y los significados dependen de las circunstancias. Las circunstancias son subordinadas del tiempo y el tiempo es una guerra que siempre perderemos. De algún modo, el pasar de los días había convertido todas las cosas mágicas que llevaron a nuestro encuentro en una cadena de azares absurdos causados por la insignificancia de la pequeña ciudad de provincia que habitábamos.

Los grandes ideales humanos que nos unieron no eran ahora más que amenazas para una vida de libertad hedonista. La fragilidad y el dolor en que me encontraste y que te hizo ver en mí una causa para otorgar significado a tu vida, no era ya más que un cansancio intolerable. Los encuentros siempre son vórtices a otros encuentros que suscitan sospechas de los orígenes del encuentro primero.

Recuerdo que tu primer dolor comenzó al creer que era cuestión de tiempo para que yo encontrara a alguien más afín a mí y entonces te abandonaría. Fue la primera vez que vi genuino dolor en tus ojos. De pronto, que estuviéramos juntos no era vivir nuestro destino, sino una casualidad que podía dejar de serlo en cualquier momento y que te considerabas incapaz de sostener. La idea te pareció al mismo tiempo aterradora y atractiva. Pensar que así como podía estar contigo podría estar con infinidad de otros, algo intolerable. Pero a la vez te desquiciaba sentir el deseo de descubrir a las tantas otras con las que podrías estar tú.

Ése fue el inicio de nuestro verdadero destino, fatalista como deben serlo todos. El imperio de las dudas. Nada acechaba el destino de Eurídice y Orfeo. La catástrofe siempre viene de nosotros mismos. El miedo de Elio a que yo eligiera a alguien más lo hizo considerar que él también podría elegir a alguien más. Comenzó su deseo y autocastigo, comenzó el rencor y la fatiga. Ahora ya no todo era belleza, sino el cansancio de lidiar tanto con su miedo a perderme, como con sus deseos de estar con alguien más y el autocastigo de reprimir estos impulsos.

Todo nos dirigía a una psicosis eventual. Después de eso, recordar a Oliveira y llorar mientras suena un: "Me dolés en la piel, en la garganta, cada vez que respiro es como si el vacío me entrara en el pecho donde ya no estás". Estar en el corredor principal del centro histórico viendo todo a través del agua que inundaba mi cara. Ponerme de pie, ver dos pasos tambaleantes sobre la cantera y después nada. Nada hasta sentir que mi mano frota mi cabeza entre dolor y aturdimiento. Nada, una enfermera que regresa mi mano sobre la cama para que el suero intravenoso fluya. Nada más que una bata de hospital, una camilla y las horas que nunca recuperaré más allá de saber que, justamente, fuiste tú quien me sacó de aquel campo minado.

Todo aprecio de lo que fuimos convertido en nada. Como aquel matrimonio que atendía la tienda en la esquina de mi casa. Ni siquiera ellos, que nunca los vi darse una sonrisa, pudieron soportarse lejos. Murió don Pancho y doña Coco nunca se recuperó hasta morir también un año después. Meses más tarde, sus hijos demolerían su casa y la tienda. Las ruinas de tantos años y dos vidas en conjunto. Las ruinas de ninguna sonrisa donde ahora hay seis departamentos lujosos y vanos. Después de eso, sólo azares y errores. Después de eso, nada. Darle sentido a esta suerte.

Extraño. Extraño la lamparita de noche que iluminaba la puerta, las sábanas de franela, los lentes sobre el buró, los pajaritos del alba que nunca vimos, pero siempre cantaban. Extraño la vida a través de ti, la que se veía a través de ti y de mí, la vida que era nuestra. Extraño la posibilidad del encuentro y extraño el encuentro; me extraño a mí extrañando la posibilidad. Extraño las estrías de tu espalda, mis piernas sobre las paredes de tu cuarto y tu peso sobre el mío. Extraño la cicatriz de tu frente, y la de tu dedo, y la de la mordida del perro, y la que te dejé en la pierna. Extraño besar tus muslos blanquísimos y extraño sentir tus caricias en mi espalda. Extraño tu barbilla suave, el escaloncito para besarte, las presillas de tus pantalones y rascarte la espalda. Extraño tus quesadillas y profanar las galerías. Extraño distraerme en el tráfico para sentir cómo me salvas. Extraño que me ames y la sensación de no sentirte como a un extraño, extraño.

Elio, perder la última agenda que me diste debió resultarme sintomático. Después de seis años de no estar juntos, creo que lo más consolador que puedo decir es que estoy en la última etapa de la aceptación de las pérdidas. No es la ira lo que más me gusta porque es una emoción nueva que no sé dominar y que, por el contrario, me domina a mí cada que decide salir. Lo cierto es que me lacera menos que la tristeza y, si de todas formas iba a vivir cualquiera de estas emociones hacia ti sin ti, mejor tener aquella que me daña menos.

Recuerdo que, en aquellos años idílicos que son causa de todo este desastre, me dijiste alguna vez que una cualidad que te encantaba de mí era que no me enojaba, sino que, cuando ocurría algo digno de enojo, sólo me entristecía. Tengo que admitir que el que me dijeras eso provocó que menos pudiera enojarme contigo. Después de todo, yo quería seguir siendo agradable para ti, además de que por mí misma nunca había podido ni sabido manifestar la ira. Ahora, después de tanta vida, creo que ése fue uno de los primeros gestos egoístas que tuviste hacia mí; preferías que me lacerara en lugar de que vivieras consecuencias por tus faltas.

Si tuviera que decir el segundo gesto, sería aquella vez que estaba tirada en cama con fiebre y fuiste a verme. Yo estaba entre el sopor y el sueño. Tu abrazo, como siempre, me reconfortó. Lo que no me esperaba fue sentir tu pene, casi discreto, penetrándome. Sigo sin distinguir todavía si lo disfruté o si fue más la soledad que sentí cuando dejaste ese cuerpo desvalido con tu semen dentro. Era un remedo de carne afiebrada. Supongo que ésa es una metáfora burda de lo que siempre fuimos, yo vulnerable y tú deseoso de esa vulnerabilidad, una que te fortalecía.

Así de novedosa como es la ira, también es muy atractiva por comprender cómo llegó a forjarse. Si te digo la verdad, con nadie en la vida he estado más molesta que contigo. Después de devanar los múltiples eventos y desencuentros que nos han traído hasta el día de hoy, puedo resumir que estoy molesta contigo, principalmente, porque sé que no me has dejado de querer, porque siento que me sigues queriendo y que también lo sabes tú. Aunque, de igual manera, sé que no tienes, has tenido, ni tendrás la decisión para realizar la vida que nos pensamos hace años.

Ésa es la causa principal de mi enojo y hay otra relevante que ha ido cambiando conforme pasa el tiempo. El hecho de que hayan pasado tantísimas cosas y de que yo hoy todavía escriba acerca de ellas se debe a la felicidad y vida tan magnífica que compartimos una vez. Hubo un tiempo en el que fuiste quien deseaste siempre ser para mí. Me enamoré de ese hombre y sé que lo voy a amar siempre. Tengo que aprender a vivir con eso y lo escribo, pienso y siento mientras mis ojos se humedecen.

Hay algo que no había visto antes, tal vez me rehusaba a verlo porque era mejor pensarte como ese hombre que causó mi amor, pero lo cierto es que, quizás por el cese de la serotonina y, por tanto, del enamoramiento, no así del amor, vi que no eras ese hombre antes de que estuviéramos juntos, ni lo volviste a ser después de la primera vez que me dejaste.

Cuando me di cuenta de esto, la verdad es que me enfurecí porque me sentí engañada. Después lo comprendí de otra manera y en lugar de enfadarme ante la disparidad, sentí agradecimiento; agradezco que si ese Elio idílico iba a ser sólo una excepción, lo fuera justo conmigo. Tu excepción fue mi mejor amigo, pareja, amante y cómplice, pude hacer la vida completa con él, aunque la verdad es que ahora no somos nada de eso y llevamos años así.

He intentado muchas cosas, muchas, no sé siquiera si te has percatado de la mayoría de ellas, trato de verbalizarlas casi siempre, como ahora, pero parece que todo se lo cuento a tu alter ego que, ventajosamente, no te comunica nada. En realidad, lo que me preocupa es que no tienes un modo conductual ni un código de interacción fijos, puedes hacer lo mejor o lo peor para alguien, pero eso que hagas o seas no es en correspondencia con la circunstancia, sino con tu cabeza, que no sé de qué manera funciona si no es sólo a partir de tu propia conveniencia. Creo que es por ello que todo lo que se me pudo haber ocurrido hacer por nosotros estuvo destinado siempre a fracasar, ya que nunca hubo receptor. Siempre creí que lo que yo llamaba Tyler era el alter ego del Elio del que me enamoré; estuve equivocada todo este tiempo: era al revés.

Existe la posibilidad de que, al ser la ira la última etapa en la aceptación de las pérdidas, llegue un momento en el que no me importe ver que me sigues queriendo sin que quieras afrontarlo, pero eso no lo sé y ya no tengo disposición para quedarme a averiguarlo. Lamento mucho que seas el foco de mi alcoholismo, que ahora ha evolucionado a selectivo, ya que sólo se manifiesta contigo. Al parecer, tengo que darme un pretexto para expresarte mi enojo. También lamento que hayas sido la excusa perfecta para manifestar mi ira.

Lo bueno de todo esto, y por eso creo también que es el momento adecuado para frenar mis intentos, *es que no nos necesitamos, ni como amigos, ni como amantes, ni estamos enamorados de nosotros, sólo nos sabemos como la persona que siempre nos habitará. No me malinterpretes, sé que no soy la única que extraña tu excepción, sé que tú mismo lo haces. A lo mejor por eso todavía me quieres, porque te recuerdo a ti mismo de esa manera. Alguna vez nos motivamos a sacar lo mejor de nosotros, ahora es casi siempre lo contrario y eso me asusta.*

La primera película que vimos era ñoña, cursi y en VHS. Ahí se dijo que ése era el mejor amor:

> *"El que despierta el alma y nos hace aspirar a más, nos enciende fuego en nuestros corazones y trae tranquilidad a nuestra mente. Eso es lo que yo esperaba darte, eso es lo que yo quise darte siempre".*

Aura Ayar

Hubiera querido que alguien más escribiera esto para no sentir este deseo insuperable de volver a ti, este temor paralizante de defenderme. De anticipar tu partida y entonces mejor no acercarme. Escribo sobre ti creyendo que nuestro final será sólo uno para los dos. Pero la escritura, a diferencia de nuestra vida, perdura en el tiempo, y ya sabemos que los finales entrañables nunca son: "Y vivieron felices para siempre".

No sé por qué me temes tanto. Nunca he dudado del deseo que sientes por mí, pero te aterra cada paso que nos acerca, como si sintieras que, una vez ahí, no podrías sino echarlo a perder. Como si supieras, Elio, que no soy mujer para esa vida; ni tú un hombre capaz de aceptar de mí la libertad que te otorgas a ti mismo. Como si supieras que al estar conmigo me condenarías justo a la vida que no quiero tener, en la que me vuelvo sólo tu espectadora.

Supongo que creerás que te debo una disculpa; cuando te dije que quería escribir sobre nosotros, seguro nunca imaginaste que lo haría de esta forma. A mi favor diré que yo tampoco lo sabía, la escritura siempre termina siendo otra cosa. Aun así, pude sospechar lo suficiente para advertirte que no te iba a gustar. Supongo que nunca lo sabré, si te escribo es porque no estoy contigo. No sé si quiero o no escuchar tu voz diciéndome que detestas estas páginas; si me lees es que volvimos a estar juntos.

XI
La otra

—Brillante. Dice el profesor Jurado que eres brillante. —La maestra Macaria se esforzaba en evidenciar el sarcasmo, o acaso el tono inquisitivo, con que pronunciaba la frase. Para esas fechas ya era comidilla de todos que Aura y el profesor Jurado platicaban en los pasillos, los patios y la cafetería de la universidad. Alguien dijo incluso que los vio juntos en algún restaurante del centro histórico. Lo que sí sabían era que Aura trabajaba para Jurado, que éste la había invitado a trabajar con él tras descubrir que era "brillante".

Y tal vez lo era, pero no fue por eso que Jurado la había contratado, sino porque era la primera vez que daba clases en universidad y comenzaba a sentir la carga de los cuarenta años y no había hecho nada importante con su vida. Siempre quiso ser escritor, pero en lugar de eso terminó siendo editor; quería formar una familia, pero en su lugar se casó con una mujer que no quería hijos; aspiraba a lucir como Bon Jovi o Axl Rose, pero en lugar de eso era bajito, tartamudo, gordo, con cicatrices del acné vivido en la adolescencia lejana y un tanto calvo, a excepción del mechón de cabello chino que se dejaba largo en la nuca. Aura era su trabajo de campo para la historia de sátiro que siempre quiso escribir.

Aura tenía dieciocho años, acababa de entrar a la universidad y preservaba la delgadez de una muchacha de secundaria. Era jefa de grupo de un salón al que no le importaba participar en ninguna actividad universitaria, parte del consejo de alumnos y sacaba buenas notas aunque no siempre era la mejor de su clase. Pero aquella vez, ante la pregunta de la maestra Macaria, había respondido de manera más que correcta, lo cual fue utilizado como burla en su contra.

Aura ya sospechaba que la gente cuchicheaba sobre ella y Jurado, pero a ella no le importaba, era su profesor preferido y alguien con quien podía hablar. Por entonces, Aura vivía el duelo de su amor mítico de juventud, uno que la había llevado al gesto suicida de terminar tirada en la calle por congestión alcohólica.

Aun con todo, Aura era alegre, sospechosamente alegre, tal vez demasiado, tenía la sonrisa facilona de los que buscan no ser descubiertos en su miseria. Jurado sabía de los abusos del exnovio de Aura y la aconsejaba que no volviera con él, que se diera su lugar, que ella no se merecía eso.

Aura buscaba a Jurado por las tardes para contarle de los fuegos cruzados en que había quedado atrapada sobre las peleas de sus padres o cómo Elio la había buscado otra vez, aun cuando tenía una nueva novia. Un día, tras una reunión de trabajo, Aura lloró con Jurado y él le dijo:

—Estoy enamorado de ti —y se acercó para besarla.

Aura retrocedió, se limpió los ojos y no dijo nada.

—Perdón, Aura, es que estoy contigo y no sé qué me pasa. Sólo busco tu compañía, no me concentro para trabajar, pienso en ti y sonrío, estoy enamorado como un adolescente.

Aura sólo recargó su cabeza en el hombro de Jurado. Durante un tiempo, Aura fantaseó con la idea de que su profesor favorito estaba enamorado de ella. Escribió cuentos al respecto y hasta ganó con ellos algún concurso. Jurado no le atraía para nada pero ¿era eso realmente importante? Él la protegía y siempre se refería a ella con orgullo en las reuniones de escritores a donde la invitaba.

Además, ahí estaba el caso de Clarisse, su compañera de arquitectura con la que alguna vez había coincidido en el camión y que le dijo:

—Pues ya llevo un año viviendo con Becerra —el profesor Becerra.

—¿De verdad?

—Sí, además no es secreto para nadie, todos lo saben.

—¿Y cómo te decidiste a hacerlo? ¿No fue raro?

—Mis hermanas y yo crecimos solas con mamá y ella nos educó para hacer siempre lo que queramos. Además, él es acá bien señor, que te cuida y quiere que estés bien y no se anda con mamadas de adolescente. Yo sé que es con él con quien quiero estar.

Aura deseó esas certezas. Pasaron los días y estuvieron más juntos que antes. Jurado comenzó a esperarla cuando salía de clases, la invitaba a comer, la incluía en todos sus proyectos laborales, la llamaba por teléfono, iba a su casa con el pretexto de llevarle material de trabajo y así conoció a la madre de Aura.

—Qué maestro tan interesante tienes, Lolita —decía juguetona la mamá de Aura.

En algunas de sus citas, la esposa de Jurado iba a dejarlo o lo recogía; Aura saludaba desde lejos.

—Mi esposa me preguntó por ti y no supe qué decirle.

—No hay nada que decirle.

—Es que lo nota, que estoy enamorado de ti, que pasamos mucho tiempo juntos.

—Pues dile eso, que nada pasa entre nosotros.

—¿Y por qué no? Ya casi hacemos una vida juntos, trabajamos en lo mismo, conozco a tu mamá, nos vemos casi diario, ¿no sientes lo mismo que yo? Tú buscas estar conmigo también.

—La paso muy bien contigo, Jurado, me divierto, aprendo mucho, confío en ti, pero no sé, no, ella es tu esposa.

No encontraba la manera no hiriente de decirle que tenía especial desagrado por su frente sudorosa, sus dientes separados y amarillos, su aliento a tabaco y su panza desbordante.

A Jurado se le humedecieron los ojos, pidió la cuenta, le temblaron los labios, pagó y se fue sin despedirse de Aura. Al día siguiente debían encontrarse en la presentación de un libro que hicieron juntos. Cuando Aura llegó, Jurado ya estaba ahí.

—Pensaba que no ibas a venir, como me estás diciendo que no a todo...

Aura sólo sonrió. Jurado la ignoró durante todo el evento y se fue sin despedirse. Aura lo llamó por teléfono al día siguiente.

—Sí me la paso muy bien contigo, Jurado, y no quiero perderte, ¿eso no puede ser suficiente?

—No, porque yo te amo.

Y colgó. Al día siguiente, en clase, Jurado evitó darle la palabra a Aura, hasta que la dejó participar sólo para decirle que fue una estupidez lo que había comentado.

Cuando terminó la clase, Aura fue tras Jurado.

—No estés enojado conmigo, por favor.

—Se lo dije a mi esposa.

—¿Qué le dijiste?

—Lo nuestro.

—¿Lo nuestro?

—Me escuchó decirte que te amaba cuando hablamos por teléfono, no pude negarle nada, me corrió de la casa.

—Pues dile que no, que sí lo intentaste pero que soy terrible y te rechacé, que no ha pasado nada.

—Y no, no ha pasado nada, todo para que ni siquiera haya pasado nada.

—¿Podemos irnos a otro lugar? Ahí vienen mis compañeros.

—¿Ves? Ni siquiera te importa.

Las cosas más esperadas y deseadas son a veces las menos sucedidas. Y en este caso, como en otros muchos, Aura fue quien buscó a Jurado de nuevo. No sabemos si fue el llanto o la inercia, tal vez ambas cosas. Lamentablemente, Jurado estuvo ahí ante el llamado de Aura.

Aura todavía lloraba cuando marcó el número de Jurado. No le contestó y comenzó a llorar con más fuerza. Le contestó al tercer intento.

—¿Dónde estás? Voy por ti.

Cuando Jurado llegó por Aura, ella apenas sollozaba, pero lo vio y se soltó en llanto mientras corrió a abrazarlo.

—Llévame lejos.

Jurado compró una botella de tequila y un par de boletos para Querétaro. Ya en el autobús, Aura bebía, lloraba, dormía y vio fragmentos de *Diario de una pasión*. No quiso contarle a Jurado nada de lo sucedido con Elio. Aura tropezó de las escaleras al bajar del autobús, la gente los miró, pero Jurado sólo la levantó y subieron a un taxi.

—Mira cómo estás, no puedo dejarte así, la gente ya nos ve mal —le dijo a Aura en voz baja, para luego dirigirse al chofer del taxi—. Al hotel Maribel, por favor.

Aura tuvo la mirada perdida en la ventana durante todo el trayecto. Ya en el hotel, Jurado sentó a Aura en el *lobby* mientras él hacía el trato de la habitación. La recepcionista no perdió cuidado de cómo Jurado casi tuvo que cargar a Aura para llevarla al elevador. Una vez en la habitación, siguieron bebiendo.

—Más despacio, no hay prisa —decía Jurado.

Pero Aura bebía y lloraba. A veces dejaba de beber para hablar, a veces también contenía el llanto. Pasó un par de horas y a Aura ya sólo le quedaban los espasmos en el pecho que el llanto le había dejado. Jurado la abrazó y acercó su boca a la de ella. Aura volteó la cara, pero Jurado se la detuvo con las manos, ella intentó decir algo pero tenía la cara adormecida.

Aura estaba con él en la cama, en una habitación cerrada, ebria. Pensó que debía responder el beso, pero el llanto se lo impidió a sus labios. Jurado metió a su boca toda la cara de Aura, parecía que dudaba entre poseerla o comerla; metió su mano por debajo de la blusa de ella.

Aura recordó la vez que el amigo de su padre hizo lo mismo, un día que llegó ebrio a casa y comenzó platicando con ella, luego la sentó en sus piernas y metió su mano por debajo de su blusa, igual que Jurado lo hacía ahora. Aquella vez Aura se fue a su cuarto y el hombre se fue al poco tiempo. Ahora Aura no pudo moverse.

Jurado acomodaba las plantas de los pies de Aura en su cadera, como si supiera que debía esforzarse para que el cuerpo lozano que poseía sintiera su pene casi flácido, para que su abultado abdomen no se interpusiera entre él y Aura, que volteaba hacia un lado como si todavía estuviera mirando por la ventana del taxi, mientras sentía las gotas de sudor con olor a viejo que caían sobre su cuerpo, que comenzaban a hacerle un pequeño charco en la boca del estómago, que le caerían en sus ojos abiertos y distantes, irritándolos todavía más y mezclándose luego con las lágrimas que de cuando en cuando todavía se asomaban.

En algún momento Aura se quedó dormida y Jurado se quedó viendo cómo el celular de ella sonaba. Era Elio, una y otra vez era Elio, y él casi decidía contestarle y decirle que estaba con Aura, que había ganado.

Aura despertó al día siguiente con dolor generalizado, abrió los ojos, pero en seguida los volvió a cerrar. Desearía estar en cualquier otra parte, pero tampoco se le ocurría ninguna. Jurado comenzó a acariciarle la cara, pero Aura se levantó al baño, orinó con ardor.

Cuando Aura volvió a su casa no había nadie. Se metió a su cama y no salió de ahí hasta que tuvo que levantarse para ir a clase de Jurado. Ella participó y buscaba su atención, él se la daba y sonreía. Al término de la clase Aura lo esperó.

—¿Qué pasó? —le preguntó a Jurado.

—Pues nada, que estoy muy feliz, ¿nos vemos hoy cuando salgas de clase?

—Jurado, esto no puede seguir.

—¿No la pasaste bien?

—Te agradezco mucho lo que hiciste, que hayas estado ahí para mí, pero estás casado.

—Pero mi esposa ya lo sabe, ¿qué no me amas, Aura?

—Jurado, no. Perdón... discúlpame, pero no.

A Jurado se le humedecieron los ojos y prendió un cigarro.

—No te pongas así —le dijo Aura—, vamos a platicar —y lo tomó del brazo, pero él se quitó.

—No, tú no te pongas así —dijo Jurado un poco tartamudo—. Nada más me hablas cuando me necesitas, hago lo que tú quieres y luego me botas.

—No, Jurado, es que no es así.

Jurado comenzó a caminar, Aura intentó detenerlo, pero él se fue caminando por la explanada de la universidad. Los compañeros de Aura la observaron varada ante el desdén de Jurado.

Por la tarde, el teléfono de Aura no dejaba de sonar, era Jurado, pero ella se negaba a contestar. Comenzaba a tener miedo y a pensar en todas las cosas que no debió haber hecho. Para el día siguiente, Jurado le escribió que debía verla, que era urgente para el trabajo que tenían pendiente. Se vieron aquella tarde.

—Si no me quieres, al menos podemos trabajar, ¿no? ¿O también en eso me vas a botar?

—Sí te quiero, Jurado, pero esto que me pides no te lo puedo dar.

—Mantengámonos cerca, entonces, nada más, trabajemos, ¿eso puedes hacerlo?

—Sí, eso puedo hacerlo.

Aura sabía que podía hacerlo, pero también que no quería. Lo que ella quería era escapar para siempre, pero eso no parecía una opción. Unos días pasaron casi como al principio, trabajaban juntos y las clases iban bien, pero conforme aumentaba la interacción Jurado le pedía a Aura más cercanía.

—¿Por qué no me llamas ni me escribes?

—Lo hago cuando hay algo necesario.

—Pues no es suficiente. Ten —le dijo alargando hacia ella una tarjeta de recarga de saldo para celular—. Para que no tengas pretextos de no hablarme.

—No, Jurado, no es por eso.

—¿Entonces qué? ¿No podemos estar juntos?

—Ya habíamos hablado de esto.

—Para ti es muy fácil, pero yo estoy perdiendo mi matrimonio. ¿Para qué? Tú ni hablas conmigo, sólo hemos cogido una vez...

—No puedo hacer nada más, perdón. Ya intentamos esto y parece que no resulta, creo que lo mejor es que ya no nos veamos.

—Y encima me vas a dejar tirada la chamba después de todo lo que te he dado.

—Pero ya vimos que no podemos seguir... —Los ojos de Jurado se humedecieron de nuevo.

—Podríamos, si tú quisieras...

—Lo siento, Jurado, pero no puedo.

Jurado se puso en pie, apretó los labios, se limpió las lágrimas incipientes y balbuceó un poco hasta que dijo:

—Seguro vas a regresar con el Elio ése. Qué decepcionante, eres una farsa.

Eso fue lo último que Jurado le dijo personalmente a Aura porque todo lo demás fueron indirectas en clase sobre su mal desempeño e incapacidad intelectual, seguido por una calificación casi reprobatoria y la mirada enjuiciadora de la compañera de Aura que en adelante trabajaría con Jurado.

XII
Roles movedizos

La sinrazón de entonces me aventuró a intentar demostrar que Elio y yo no necesitábamos ser perfectos para estar juntos, que si el deseo de tenernos era tal como nos empeñábamos en sentir, debíamos dejar de sernos idílicos y aceptarnos imperfectos, y sólo entonces posibles. Aceptar de una vez que amarnos y estar juntos era una decisión, pero que el deseo hacia los otros no: ése era inevitable. Elio y yo debíamos lograr materializar el deseo por los otros, sin que fuera una amenaza para nuestra unión. Pero ya se sabe, intentar huir de las maldiciones no hace sino fomentar su poder.

En medio de la zona de desastre en la que me encontraba, decidí tomar un curso de Literatura. Resultó que mi profesor sería Garret, de nuevo Garret. Él ya había sido antes mi maestro, en la secundaria, para la asignatura de Educación Artística, aunque los contenidos realmente fueron de Historia del Arte.

En la secundaria llevaba un diario que volví a leer cuando Garret y yo coincidimos en el curso de literatura. Es extraño que no lo mencioné ahí ni una vez, pues fue una figura determinante para mi vida. En su clase hablaba de libros, música y pintura. Creo que por él decidí estudiar Historia del Arte como profesión.

Además, cantaba en clase, siempre llevaba su guitarra porque también era el profesor encargado del coro de la escuela. Yo era la única niña en la secundaria que escuchaba trova, conocía todas las letras por esas noches epifánicas con Tobi. Así que Garret tocaba y cantaba sólo para mí. Incluso, me metí a coro siendo que no es falsa modestia cuando digo que no tengo voz ni oído musical. Comencé a tocar la guitarra también.

Él organizó un concurso de canto y yo participé cantando "Ojalá", Tobi me acompañó con la guitarra. Por supuesto no gané, nunca debí participar, pero creo que sabía que no concursaba para ganar, sino para que Garret me viera, para que notara que era como él, distinta de todos los que poblaban aquella secundaria venida a menos.

O al menos eso pienso desde ahora, porque por entonces vivía mi idilio de pubertad frívola con Hugo. Después de la graduación de secundaria no volví a verlo hasta un par de años después, en un mitin político, yo iba con Elio. Sólo nos saludamos y me dijo que ahora hacía su maestría. Yo le dije que estaba por terminar la prepa y que estudiaría lo mismo que él. Sonrió.

Recuerdo que Elio se puso celoso con aquel encuentro, dijo que lo vio "tan mi tipo" con esa barba y finta de intelectual, cosas que él nunca tendría. Yo hice lo que siempre se hace: negarlo. Y enrojecí.

Tres años después, el curso de Literatura en el Instituto de Cultura. Yo sabía que él estaba casado y tenía un hijo. Garret es de los mejores profesores que he tenido y no lo digo sólo porque haya sido mi pareja. Es un hombre que no pasa desapercibido, su voz potente y sus ademanes afeminados hacen que se quede en tu memoria. Llegó el final del curso y todos le pedimos ir de fiesta con motivo de la clausura. Él no quería pero finalmente accedió, nos dijo que estaba separándose de su esposa.

Nos llevó a un lugar donde tenía la facilidad de tomar la guitarra y subirse al escenario a cantar. Nos pusimos borrachos, coqueteamos un poco. En algún momento tocó mi pierna mientras me dijo que saliéramos a fumar. Para mí el tabaco y el Twitter nunca han sido vicios, pero los acertijos sí. Nos recargamos en su viejo Volkswagen, fumamos y hablamos del carácter erótico del arte. Aquello era un cliché y por escenas como éstas los clichés han llegado a ser lo que son: entrañables.

En algún momento preguntó si podía besarme, le dije que sí. Fue un beso más bien tierno de labios entreabiertos, mi primer beso con barba y bigote. No sé si mis compañeras de curso alcanzaron a vernos, pero salieron justo cuando el beso terminaba. Asumo que sí porque después de eso se fueron. Recuerdo la cara de Garret entre el humo, recuerdo el calor de mis mejillas y el hormigueo en las manos que siempre me provoca el tabaco.

Tanta expectativa y extrañeza me provocó aquel beso, que mientras nos despedíamos de mis compañeras tocaba mis labios con la punta de mis dedos, sin saber muy bien qué era lo que había sentido. Pagamos y nos fuimos, dijo que me llevaría a casa. Cuando estuvimos ahí, nos besamos más, lo suficiente para no querer dejar de hacerlo. "El flaco me dijo: '¿Te vienes conmigo'. Y le contesté que sí". Como "Cuando era más joven".

La interacción con Garret fue secuela de una parte de mí desconocida para mí misma. Una en la que deliberadamente hago lo que no debo y me arriesgo a la muerte de forma absurda. Esta etapa tuvo su inauguración tras el fracaso que terminaría siendo Elio, la vez aquella que llegué al hospital debido a la congestión alcohólica que me dejó tirada en la calle, entre los niños que alimentaban a las palomas.

El departamento de Garret era sólo desconcierto: cajas abultadas, un sillón roído, viejos insumos de bebé. Hacía poco alguien había dejado ese lugar y ahora era habitado por las cosas que en algún momento fueron especiales y únicas y ahora sólo eran desechos denostados. Fuimos a la habitación, tenía la misma imagen que la sala, pero mucho más sucia. Garret sacó un *sleeping* de una bolsa negra llena de polvo y lo extendió en el piso. Nos recostamos y comenzamos a desnudarnos. A mí me daba pavor el ruido de las cucarachas que estaban en carrera por los rincones. Todo ese departamento era como un solo rincón.

Aquél fue el pene más grande que había visto en toda mi vida. Al menos los pocos minutos que estuvo erecto. Me puse nerviosa porque asumía que su flacidez pasaba debido a mi inexperiencia. Antes de eso yo sólo había estado con Elio y ahora tenía a mi profesor casado y diez años mayor que yo. Mi profesor casado, diez años mayor que yo y flácido. Mi angustia amainó por su manejo de la situación. Dijo lo que siempre se dice: que nunca le había pasado, que seguro fueron las cervezas y el nerviosismo de estar con alguien que apenas alcanza la mayoría de edad, pero que podríamos fumar entre ambos otro cigarro mientras charlábamos.

Parte de la escena sin sexo fue recordar la película *El gran pez*, con la pareja aquella en la que Edward Bloom tenía dieciocho años y Jenny ocho. Ambos consideraron que, si bien siempre iba a haber una diferencia de diez años entre ellos, conforme el tiempo pasara esos mismos diez años iban a ser una distancia cada vez menor. Así que las edades de dieciocho y veintiocho ofrecían la posibilidad de que su amor se realizara. Éramos Garret y yo al habernos conocido cuando yo cursaba la secundaria y ahora, volviendo a coincidir años después, cuando parecía que por fin me miraba, cuando quedaba tan atrás aquella versión desafinada de "Ojalá" en la que buscaba la atención que ahora tenía.

En la película, dieciocho y veintiocho años resultaron ser todavía demasiada distancia entre los personajes. Entonces nosotros no sabíamos que nos acercábamos al mismo destino. Después de eso, nos vimos furtivamente una o dos veces cada semana hasta que, al cabo de dos meses, él finalmente se divorció de su esposa. Creo que la maldición en mi vida es ver cumplidos ante mis ojos los deseos que se asumen imposibles, y entonces vivir con sus dolorosas consecuencias. Como aquella vez que mi madre me puso de lonche la torta de huevo con cebolla. Como que la mejor amiga de la infancia muera de cáncer. Como conocer a alguien como Gonzalo para que termine desapareciendo misteriosamente. Como encontrar a los quince años un amor como el de Elio. Como que pude estar con Garret porque dejó a su esposa.

Los hombres nunca dejan a sus esposas, menos por sus amantes. Ésa fue la enseñanza con la que todas las mujeres a mi alrededor me criaron. Supongo que lo hacían en afán de que no fuera amante de ningún hombre casado. Creo que no me lo repitieron lo suficiente o tal vez lo habrán hecho demasiado. Los hombres no dejan a sus esposas, menos por sus amantes. Peor todavía si la amante es adolescente y su alumna. Esas cosas no pasan, sólo en las películas. Y a mí, al parecer.

La vida perfecta existe y dura dos años. Al principio, yo ni siquiera esperaba que aquello llegara a ser una relación, sólo quería aprender. Aprender sobre el código de los amantes y del sexo, aprender de literatura y de música, aprender de historia y del camino más certero y amplio hacia los orgasmos. Ya había dicho que Garret es un excelente profesor.

Duramos así un par de meses más después de que él se divorció. Ninguno de los dos tenía prisa. Nuestros encuentros furtivos terminaron por volverse cotidianos y nuestras charlas literarias e históricas se convirtieron en proyectos en conjunto. Sus amigos fueron mis amigos y mi familia también la suya. Nuestro secreto dejó de serlo para convertirse en verdad.

Embriagados de *le bon vivre*, nos permitimos olvidar que justo de esta manera es que las cosas comienzan a terminarse y nos dedicamos a disfrutar del sexo en todas sus modalidades. En su viejo Volkswagen, en la esquina de mi casa, en el salón de clases de la universidad donde meses más tarde sería, por tercera vez, mi profesor, en el baño de los bares y detrás de las puertas de nuestras reuniones. La pasamos muy bien, hicimos mil proyectos culturales y eso nos llenaba de vida. Él fue más activista; yo más cultural. "Y reír y reír y reír madrugadas sin ir a dormir."

Pero, al final, no podemos ser otra cosa distinta de lo que siempre hemos sido: él un genio excéntrico, yo una adolescente extraviada. Dieciocho y veintiocho siguieron siendo mucha distancia entre nosotros. Es la persona más inteligente que he conocido, también la más miserable. Él mismo llegó a compararse con la insufrible figura de Hemingway, cuando sus amigos se turnaban para estar con él porque nadie lo soportaba mucho tiempo.

Los dones pueden ser un castigo si nublan la mente. Tantas veces que su capacidad retórica le hizo justificar atrocidades y encontrar en todas partes el hilo negro de nada. Además, nuestro sinuoso origen habría de volver para golpearnos en la cara, ya que su exesposa hizo todas las crueldades que se le ocurrieron para vengarse de él por haberla "sustituido" por una adolescente.

Las madrugadas se fueron tornando a enojos, reclamos y exigencias. Al salir el sol, ya no nos quedaba nada. En los últimos intentos por seguir juntos quisimos que nuestras peleas se encausaran a algún beneficio. Garret se empeñaba en enseñarme a enfrentar la ira, el enojo y la tristeza, en lugar de que lo evitara y huyera de sus momentos de furia. Tal vez después deseó no haberme enseñado esto, pues mi capacidad de enfrentarlo fue justo la que terminaría con nuestra unión.

Tantas cosas que seguro basan su continuidad en la capacidad que hemos desarrollado para evitar hacerles frente, para negar la certeza de que todo cuando poseemos nos hiere. Los escombros son ruinas a las que nos aferramos en un intento por tener un lugar para habitar, desecharlos es aceptar que lo perdimos todo.

Tras mucho esfuerzo, logré que termináramos. Sigo sin superar la culpa por dejarlo, por dejarlo una vez que, sin haberlo pensado y menos todavía desearlo, lo despojé de todo lo que tenía. Aquella violencia fue tan intolerable como inútil. De aquella vida tan nítida que teníamos no pudo salvarse nada, quedamos como su departamento en aquella primera visita.

Con el paso del tiempo me gusta pensarlo y lo imagino igual que siempre: flaco, colérico, cantando en su banquito de madera y dando clases. Incluso, me he permitido considerar alguna charla entre nosotros. Después de todo, estoy por cumplir veintiocho años.

XIII
Cuantitativo
sobre cualitativo

La literatura y el sexo son semejantes en cuanto a que una vez que los conoces, no puedes concebir una vida sin su presencia. Habiendo leído a corta edad una muy surtida gama de novelas policiales, no es extraño entonces que mi vida amorosa sea un radar de locos y delincuentes que oscilan entre la neurosis, la bipolaridad y la pedofilia. Todos causados más por la curiosidad y el aburrimiento que por un deseo genuino.

Yo apenas tenía veintiún años y me pesaba hasta el arrastre el fracaso del amor con Elio y de la vida pasional que intenté con Garret. Supongo que la introyección es de los más nocivos mecanismos de defensa, pero de alguna manera hay que sobrevivir. Necesitaba demostrarme que podía hacer ciertas cosas y ser ciertas personas; si Elio me había abandonado sin que hiciera nada que lo ameritara, entonces no valdría la pena ser tan cuidadosa con mis relaciones amorosas. Si por tener una relación con Garret todos me acusaban de ser el huracán Lolita, no veía motivos para no serlo, después de todo, ya mi familia, sin saberlo, me había puesto este apodo desde pequeña.

Cuando tu escuela sentimental es la represión de tu madre y el alcoholismo de tu padre, tienes la receta para el desastre. Supongo que haber tenido dos relaciones como las que tuve a tan corta edad y no haber podido evadir su lapidario fracaso, obligan a no buscar absolutos ni trascendencia, apreciar la suma de momentos y desistir de la búsqueda del siempre. La vida sería entonces una cantidad de encuentros sumados y no sólo la búsqueda de ideales. Aunque tiendo al catastrofismo, algunos encuentros fueron bastante buenos.

Adán, por ejemplo, de quien casi nunca supe nada. Adán tiene una hermana llamada Eva y lunares en el hombro izquierdo. Tiene la costumbre de llamar de madrugada y se desvela seguido aunque no siempre conmigo. Cumple años, creo, el 17 de febrero y tiene una sonrisita boba que hace juego con sus ojos. Adán no escucha con el oído izquierdo, pero siempre quiso complacerme y, para ello, se convirtió en el mejor mentiroso que he conocido. Nunca dudé del cariño que me daba aun sabiendo que era un montaje.

Otros fueron caóticos y llenos de perversión, como el Francés, un ingeniero de las orillas de la ciudad con quien entraba ilegalmente a edificios y casas para subir hasta las azoteas más altas o conocer los lugares más tétricos y hermosos. Una vez dentro fumábamos marihuana y él representaba obras que iban desde Shakespeare hasta Beckett, pintaba con aerosol sus escenografías en el piso y después teníamos sexo con la sola luz de la luna y las sirenas de las patrullas que nos rondaban. Compensaba su falta de fuerza con agilidad. Ningún daño me ha deleitado más que el dolor que me infligía cuando mordía mi labio o me rasguñaba la espalda, cuando me sujetaba contra las escaleras de aquellos edificios.

Después no supe nada de él hasta que un día vi su foto en el periódico, lo acusaban de pedofilia. Ya antes había estado en la cárcel por robo.

Hoy lo vi, o creo que lo vi. Me parece que también él alcanzó a verme, pero los dos preferimos no saludarnos. Tiene el mismo cuerpo de adolescente con el que lo conocí, aunque es seis años mayor que yo. Se veía mal, sus facciones estaban más deformes que nunca e incluso me pareció ver que arrastraba una pierna para caminar.

Vi reflejada en él la parte de mi vida de la que prefiero no acordarme, una que ahora prefiere hacer como que no me ha visto y pasa de largo por la calle, dejándome atrás.

Otra fue Viridiana, la persona más enigmática que he conocido y no lo digo sólo porque el sexo oral que me da ha sido el mejor de todos. Contorsionista por naturaleza, ella es la viva encarnación de mi heteroflexibilidad. Todavía recuerdo la vez que me dio a beber algo azul y cómo tras, seducirme, comenzó a besarme con la boca más dulce del mundo. Conforme me desnudaba, sentía su gran melena roja cubrir mi cuerpo y sus grandes senos blancos cayendo sobre mi pecho plano y moreno.

Ella es a quien yo aspiraría a ser sexualmente por esa naturalidad con la que disfruta las drogas y los cuerpos. Recuerdo que, alguna vez, dormí en su cama con Adán. Después ella llegaría a hacernos compañía con su novio. Qué bella escena la de despertar abrazada a ella con su pareja y Adán a nuestros costados. Todavía reímos al recordar que fueron ellos quienes despertaron con las manos entrelazadas.

Otros encuentros, incluso, parecen relaciones y se prolongan por tres años. Pero la suma de los días no quiere decir empatía y vidas paralelas no quieren decir amor. Yuri fue para mí la personificación de la atracción que siempre he sentido por los hombres que son el centro de atención en cualquier circunstancia. Ya pasaba con Gonzalo, con Hugo, con Elio, con Garret.

Yuri fue mi compañero de trabajo más joven y guapo, más distinguido, incluso un poco metrosexual. Yo no sabía que alguien pudiera vestirse de traje completo y corbata todos los días por gusto. Era el ensueño de todas las alumnas y las demás profesoras. Creo que yo sólo quería ganar. Ganar pese a que siempre supe que despreciaba lo que él era, sus trajes costosos, su coche BMW, su educación costosísima. Pero los días se sumaron y fueron creando una historia de acumulación. Me gustaba que fuera diferente a todo lo demás que había conocido.

Todo fue tranquilidad, incluso aburrimiento. No bebía ni salía de fiesta, era inofensivo para mí. Aun cuando no había nada de estimulación intelectual ni emocional, la placidez de aquellos años residió en estar siempre debajo de las cobijas.

Yuri y yo siempre nos asumimos como una relación abierta. A mí no me molestaba que tuviera sexo con una pareja de lesbianas en la sala, a él no tendría que haberle molestado que me atrajera Dan. Si hubiera cumplido con su propia oferta, yo hubiera tenido un sexo complaciente con Dan las veces que fuera necesario hasta saciar mi deseo por él, para después seguir con la inamovible cotidianidad de Yuri. Pero en lugar de eso hubo celos y paranoia, afán controlador y desconfianza, reclamos, chantajes y cincuenta llamadas perdidas en el celular.

Pienso que Yuri le puso más atención a Dan que yo misma, se volvió su obsesión. Ta vez lo veía como una verdadera amenaza a nuestra relación. El caso es que no seguimos más. Me dolió mucho perderlo. Después de todo, aun cuando siempre supe que aquello no tenía futuro, nadie empieza algo esperando que se acabe. Pienso que Yuri ha sido mi única pareja que ha cumplido con las expectativas del estereotipo social: guapo, con dinero, abogado, exitoso, de mi edad. También ha sido la relación más insatisfactoria que he tenido.

Cuando todo terminó y el duelo fue tolerable, seguí con mi proceso de seducción con Dan. Uno que hubiera sido corto y buen recuerdo si Yuri lo hubiera tolerado, pero que ahora se disgrega sin control por el tiempo y mi cuerpo. Dan es la luz incandescente que te atrae desde la mediana distancia, pero que, una vez que lo tienes enfrente, su fuego abrasador te obliga a distanciarte. Dan es todo voz y piel.

No puedo entenderlo sino a partir de mi teoría del 30%, en la que un tercio de él quisiera que no se acabara nunca; otro 30% siempre me pone incómoda por su cinismo y pretensión. Mientras que en el último tercio ni siquiera entiendo de lo que está hablando. Siempre he creído que se aburre conmigo, nunca me he sentido como la Maga más que estando con él. Finalmente, hemos aprendido a lidiar con su aburrimiento y mi incomodidad.

Compartir la cama siempre estuvo en el 30% positivo. Es extraño cómo una persona a la que cuesta tanto acercarse se siente como si hubiera estado contigo desde siempre, cuando lo único que habla es su cuerpo. Lo pienso a partir de los amaneceres que compartimos en que nunca dejó de sujetar mi mano. Dan es la fuerza demoledora que renueva mi languidez, unas piernas perfectas que te sostienen en cualquier postura. Ya le habían dicho que su epitafio lo describiría como transparente y franco, pero, como los buenos libros, difícil y áspero, por momentos inabordable.

Dan terminó por irse, como supe siempre que se iría. Desde su partida anticipada, lo echaba ya de menos. A veces, vuelve todavía. Me distrae de mis trozos disgregados y otras me deja con un ímpetu de leer y escribir que dura semanas sin desvanecerse, como la sensación de sus caricias. Casi siempre ni siquiera lo reconozco, pero busco estar en todas sus partidas.

Es extraño escribirme de todas estas maneras, nunca antes más que aquí había hecho convivir todas las facetas de mi vida. Siempre hay lugares donde partes de ti no tienen cabida; aquí no tengo reparos en mostrar quién soy, todas las personas que he sido. No sé quién dijo que leer es esconder la cara y escribir era mostrarla.

De cualquier manera, lo que te empeñas en esconder terminará evidenciándote. Traté de disimular la inseguridad que me causa la deformación de mi pierna sólo para descubrir que los motivos de mi andar inseguro eran otros. Por suerte o por desgracia, ya se sabe que hay tres cosas que no pueden ocultarse mucho tiempo y éste no es un manual de astronomía.

XIV
Tres escenas de infancia

Había tres escenas que transcurrían simultáneamente. En una, lloraba afuera de mi primaria, debía estar en tercer año. Me apenaba mucho llorar y por eso volteaba mi cara a la pared, queriendo esconderla. No sólo todos los niños del turno matutino se habían ido ya, sino que incluso los del turno de la tarde iban llegando. La gente que pasaba me miraba con una mirada entre tristeza y lástima. La señora de la tienda de la esquina insultaba a mi madre por no llegar por mí, estaba cansada de verme todos los días así.

En medio de mi sopor, vi que Madre se acercaba a lo lejos, caminando a toda prisa con sus zapatitos de tacón en el adoquín arruinado de la calle, con Leo, bolsas y carpetas. Cuando la veía venir, yo me esforzaba en limpiar mis lágrimas y tranquilizarme, pero lejos de eso, su imagen a la distancia hacía que mi llanto explotara.

Al llegar, mi mamá me abrazaba y consolaba, me decía que por más tarde que llegara, ella siempre pasaría por mí.

Lejos de tranquilizarme, su explicación me devastó, pues me condenaba a pasar por esto de nuevo al día siguiente y al siguiente y al siguiente, parecía que nunca iba a terminar. Sus palabras me aterrorizaban porque quería decir que mi sensación de abandono y mi vergüenza se repetirían todos los días, porque me condenaba a una espera dolorosa y prolongada.

En la segunda escena, Leo tendría cuatro años. No sé si íbamos a salir de casa, pero el portón estaba abierto. Como siempre, Leo se echó a correr y, como siempre, yo debía ir tras él. La experiencia me había enseñado que si Leo notaba que nadie lo perseguía, entonces regresaba, así que quise probar mi teoría y me escondí detrás de un poste, pero Leo no volvía.

Cuando salí de mi escondite, vi perfectamente cómo se quitaba de la oreja su auxiliar auditivo y se lo aventaba al perro de la casa de la esquina. Corrí hasta ahí, el perro destrozaba el aparato con el hocico, era un Husky hermoso, pero la escena me pareció espeluznante.

Era mi error, eran los ahorros de la familia, el hambre, las deudas, las peleas de mis padres y ahora, debido a mí, ese perro destrozaba un poco del logro familiar obtenido.

—¡Suéltaloooooo! ¡Suéltaloooo!

Le gritaba al perro, desesperada, pero él no desistía. Metí el brazo al portón y alcancé a jalarle los pelos en un vago intento de quitarle el aparato de entre los dientes. Lo que conseguí fue una mordida. Cuando vi que no podría rescatar el aparato, quise pedir ayuda, regresar a casa, pero no podía dejar a Leo.

Intenté llevarlo conmigo, pero fue imposible; para él, la destrucción del aparato y la voracidad del perro eran un espectáculo digno de su fascinación. Mis jalones, entre llanto y desesperación, no pudieron sacarlo de ahí.

Después, todo es chispazos de memoria. Tamar y Tobi nos alcanzaron, los recuerdo parados frente al portón, catatónicos ante lo ocurrido. Volvimos a casa, donde expliqué todo lo que el llanto me permitió.

Después, ver el aparato destruido y un terror que todavía me paraliza por tener frente a mí la consecuencia de haberme escondido tras un poste unos pocos segundos.

En la tercera escena no era yo quien lloraba, sino mi madre. Yo hubiera querido soltar en llanto también, me dolían las mismas cosas que ella describía: los problemas con papá, la nula expectativa del caso médico de Leo, no tener dinero ni para la comida, ir acumulando deudas, el incipiente alcoholismo de Tobi, la indiferencia de Tamar.

Recuerdo el asombro que me causaba ver tanto vacío en sus ojos.

Ahí, yo la reconfortaba, incluso recuerdo que le aconsejé divorciarse de papá. Es el único consejo que pude darle, una niña de ocho años no es experta en esas cosas. Nadie llega a saber nunca de esas cosas.

Cuando desperté, noté que nada había cambiado. Me sentía tan mal como entonces y seguía sin haber un momento o persona adecuada para poder ser yo con todo lo que siento. Siempre algo más importante y urgente: las terapias de Leo, el trabajo de mis padres, el malestar de los otros.

Cuando vi a mi madre, después de despertar de aquel sueño, mi cabeza seguía en un limbo emocional. Ella notó mi pesar, volteó a verme con cara dulce y me dijo:

—No estés triste. A ver, dame una sonrisa.

Ni todo el dolor sentido antes se comparó con el de ese momento en el que mi madre invalidaba lo que sentía y con eso me anulaba a mí también. Regresaron todos los recuerdos apilados, uno tras otro, en los que la misma escena se repetía. Mi dolor, frustración y enojo se convertían en una sonrisa para ella. Nunca me he sentido más sola en el mundo.

Por supuesto, aquella vez volví a sonreírle.

XV
Campo minado

Aquella Navidad fue un desastre. Después de aquella Navidad cambió todo.

Hubo un momento en el que mi madre comenzó a ser directora de escuela primaria y no sólo una profesora de grupo. La enviaron a un municipio que quedaba a hora y media de la capital. Regresaba muy tarde a la ciudad y no alcanzaba a recoger a Leo de la escuela. Para entonces, papá ya no trabajaba en el local de carnitas con Arturo porque él le quitaba cada vez más y más presupuesto hasta que aquello se volvió insostenible.

Fue una lástima, porque mi padre era todo un referente de las carnitas. Le ofrecieron trabajo en restaurantes *gourmet* para que se hiciera cargo de la comida mexicana y recibió diversas ofertas monetarias para que revelara sus recetas.

Lamentablemente, nunca le agradaron esas cosas —no sé bien qué son esas cosas, pero él se empeña en decir que no le gustan— así que aquello se terminó como si los siete años trabajando en aquel local nunca hubieran existido.

Regresó a ser chofer del taxi cuya concesión había sido suya diez años antes. Tobi regresó a la universidad y trabajaba de cualquier cosa que le permitiera pagar su tonayán, así que tampoco trabajaba tanto y siempre estaba aturdido. Lo recuerdo echado en su cama, bocabajo, con los calcetines a medio salir de sus pies y colillas de cigarro por todos lados.

Tamar iba convirtiéndose en la gran promesa que siempre fue; al mismo tiempo que era la mejor en sus estudios de ingeniería, trabajaba de lo que fuera que le pagara sus estudios de inglés. Tenía que trabajar mucho y trabajó de todo. Tamar siempre será la mejor en cualquier cosa que haga. Ella no compite, gana. Fue siempre la mejor en la escuela y lo fue también en el local de carnitas de mi papá, siendo vendedora de ropa, tocando de casa en casa para vender tres lapiceros por diez pesos.

Yo comenzaba a estudiar la preparatoria y estaba feliz con Elio, descubriéndome a mí misma. O inventándome falsamente, tendría que decir. Fue la inercia familiar y una extraña conjugación entre no ser tan importante como Tamar, ni tan inestable como Tobi, ni trabajar tan lejos como Madre, ni tener que cubrir turnos en el taxi como Padre, para que todo apuntara a que quien debía hacerse cargo de Leo era yo. Después de todo, ya lo venía haciendo desde antes y sería más fácil sólo sumarme algunas actividades más, como recogerlo en la escuela e ir a clases de señas por las tardes, así como llevarlo a sus entrenamientos de natación.

A nadie se le ocurrió que había más personas para involucrarse, no sólo yo. Aquélla fue mi oportunidad para tener una función en la familia. Nacida entre la perfección de Tamar y las necesidades médicas de Leo, cualquier cosa que yo pudiera ser, pensar o sentir, no tenía ninguna relevancia, pero aquel momento sería uno bueno para que mis padres me vieran.

O desde ahora eso creo, porque entonces sólo fue una acción de autómata. Lo cierto es que convivir casi de tiempo completo con Leo a la par de los conocimientos que Tobi me había compartido y de la precoz lectura que mi madre, sin ser consciente, me había procurado, hicieron que fuera la única de la familia que se inmiscuyera en el mundo de los sordos, de Leo, mi hermano sordo.

Me hizo ser otra persona, porque aquello era un mundo distinto que nadie se había dado a la tarea de incursionar. Leo y yo aprendimos lengua de señas al mismo tiempo y eso nos hizo cómplices. Él pudo contarme de los maltratos que los niños de la primaria le hacían: le tiraban sus colores al piso y se burlaban de él, no lo consideraban en los juegos ni para trabajos en equipo. Él se ponía muy triste e iba con su maestra, pero nadie hablaba señas, ni él mismo. Esa incomunicación no hacía más que profundizar la tristeza que lo regresaba a su asiento a esperar los siguientes maltratos.

Incluso negándole la lengua de señas y con ello limitando su comunicación, Leo ha sido siempre el hijo más sociable de mis padres. Era cuestión de que llegáramos a algún lugar y, diez minutos más tarde, ya estaba correteando con los otros niños. Es también el hijo más guapo; a cualquier lugar que llegara cautivaba con esa sonrisa surcada por el lunar en la comisura de sus labios y esa miraba pícara color miel. Todo el mundo lo conocía y, de menos, lo saludaban al pasar, pero la mayoría le ofrecía mimos y regalos.

Mientras todo esto pasaba, yo corría tras él cargando la mochila de la escuela y tropezando siempre, abonando al apodo aquel que Tobi me había puesto años antes. Lola, Lolita, Lo, Li, Lilo.

El carácter atractivo de Leo era, al mismo tiempo, como suele serlo en todos los casos, irascible. Malcriado por mis padres en compensación por no poderse comunicar con él, nunca superó la etapa en la que los niños tienen la certeza de que si el mundo tiene el privilegio de existir, es gracias a ellos. Que yo compartiera su lengua, que él mismo tuviera una, limó un poco de este vicio de carácter. Ahora se sabía no único, ahora tendría que corresponder a esa otredad inusitada que terminaría siendo yo.

Recuerdo lo mucho que nos agotamos mutuamente por que tirara la basura en el lugar debido. Él estaba acostumbrado a aventar la basura a cualquier lado: la calle, las jardineras, el piso. Ni siquiera se preocupaba por ver dónde caería.

Un día, saliendo de su clase de natación, caminábamos a casa y aventó a medio cruce de los vehículos su botella vacía de jugo. A mí ya me habían enseñado que la sordera y la falta de modales no son la misma cosa. Lo obligué a recoger la botella y le dije que la guardara hasta que llegáramos a casa, donde podría deshacerse de ella. Su reacción fue aventarla más lejos. La escena se repitió incontables veces ante el coraje de él y mi impotencia.

Al final, la botella se quedó tirada al pie de un árbol y nada pudo lograr que Leo la recogiera de nuevo. Yo me negué a levantarla, si hacía eso aquella vez, tendría que hacerlo siempre. Me limité a decirle que la basura como la que él había dejado tirada en la calle era la que enfermaba al medio ambiente, la misma que causaba que árboles y animales murieran por contaminación.

Lo sé, exageré, pero, en el momento, la desesperación no me permitió decir otra cosa. Leo manoteaba con coraje, pero miraba de reojo lo que le decía. Llegamos a casa y se fue a ver la tele muy molesto. A los diez minutos vi que fue por un libro, era un atlas de geografía.

Poco tiempo después, Leo me pidió que lo acompañara a recoger la botella que había dejado al pie de aquel árbol, no quería que nada muriera, no quería contribuir a aquellas escenas terribles que había visto en el atlas sobre el tema de la contaminación. Me dijo que si hubiera sabido lo que implicaba esa única botella, nunca hubiera hecho una cosa tan egoísta.

A partir de ahí Leo se contagió de la fiebre lectora de la casa y cada vez fue más experto en todos los temas posibles. Aquella experiencia también nos hizo más cercanos, ya no era yo sólo su niñera, sino también alguien en quien podía confiar. Nunca olvidaré lo que me dijo aquella vez en unas señas que se notaba que había ensayado, seguramente llevaba tiempo pensando en eso.

Él ya sabía que era sordo y que los demás integrantes de la familia no, que él iba a una escuela diferente a la que fuimos los demás, una para sordos. Me dijo también que ahora sabía que la primaria a la que había ido no era para sordos. Me preguntó si ser sordo era malo, si por eso sus compañeros lo maltrataban tanto y por eso nuestros primos nunca lo tomaban en cuenta y por eso ni mis demás hermanos ni mis padres hablaban con él.

Tuve que explicarme primero a mí esa respuesta para después dársela. Era una información que no poseía, una a la que nadie había querido enfrentarse. Le dije que sí, que él era sordo, que ni yo ni nadie más de la familia lo era, como tampoco lo eran sus compañeros de primaria. Que sí, que era diferente, pero que todos lo éramos. Que Tobi era alto; Tamar, chaparrita; yo, de color café y él, sordo.

Le puse ejemplos de lo diferentes que son las personas en distintas partes del mundo, de lo distintas que podían ser incluso las personas que habitaban un mismo sitio. Le dije que era diferente de los demás no sólo por su sordera, sino por el lunar que tenía en la comisura de los labios, por su pie plano, por su cabello lacio, por sus ojos color miel, que toda diferencia no era más que una descripción en contraposición a otra y que, por tanto, su sordera no era más diferente que mi color moreno.

Le dije también que la gente, en su mayoría debido a su ignorancia, como él antes de saber de la contaminación del medio ambiente, a veces no aceptaba las diferencias más comunes, como el color de piel, ser hombre o mujer, ser extranjero, pobre o rico. Y que, entonces, como todos éramos diferentes de todos, siempre nos encontraríamos a quien le agradaran nuestras diferencias y a quienes no, que debíamos relacionarnos más con los primeros, pero aprender más de los segundos, para no ser como ellos.

Le dije que a mí también me molestaban en la escuela, que creían que por ser morena, débil y calva debía servirles o aguantar sus burlas. Le dije que lo importante era no repetir ese dolor en los otros y entonces ver las diferencias como cualidades, sin otorgarles significado negativo.

Con lo que tuve que mentirle fue en lo relacionado con la incomunicación de mis padres. No pude decirle que los médicos les prohibían a los padres de niños sordos que aprendan y enseñen señas a sus hijos, que los tratan como si fueran un producto defectuoso que hay que arreglar, que son incapaces de concebir una manera de vida distinta a la que tienen y de la que se han privilegiado tanto. Que no entienden la identidad y la otredad, que la lengua de señas es justo eso, una lengua, como todas las otras. Que aun mi mamá siendo pedagoga nunca consideró que debería ser importante que existiera un medio de comunicación con su hijo más allá de jalones de manos, gritos y pataleos. Que papá, pudiendo sacrificar todo por él, nunca había considerado ir dos veces a la semana a clase de señas para explicarle tantas cosas que de manera espontánea nos había explicado a sus otros hijos.

Así que le dije que mis padres lo amaban, lo cual era cierto, y que el trabajo no les había permitido a mis padres hacer otra cosa, lo cual era una total mentira. Lo que pensé realmente es que mis padres y mis hermanos siguen sin aceptar que Leo es sordo, lo niegan porque la idea les parece intolerable y dolorosa. Una intolerancia y un dolor absurdos, pues se posee y se vivencia ante la inercia de nuestras propias incompetencias y desconocimientos.

Leo me dedicó una mirada confundida y una sonrisa de gratitud. Nos abrazamos y le dije que lo quería muchísimo, aunque yo también estaba confundida. A partir de ese día fuimos todavía más unidos y Leo no dejaba de preguntar cosas sobre lo correcto y lo incorrecto, lo diferente y lo igual. Después de esa charla, yo me fui al baño a llorar, mis padres y mis hermanos le imponían a Leo una orfandad no sólo absurda sino innecesaria. Me asustó que aquello fuera la cotidianidad, que mis padres hacían todo lo que el entorno esperaba de ellos al tener un hijo sordo: llevarlo al médico, darle medicamentos, gastar en tecnología, forzarlo a ser alguien que no era y que tal vez nunca sería. Alejarlo para siempre de todo, perderse ellos mismos de él.

Aun con todo, Leo tuvo unos años excelentes, fue medallista de oro en las paraolimpiadas nacionales de natación y ya era profesor de los niños pequeños en su escuela. Tamar se fue de la casa y luego de la ciudad y luego del país. Tobi dejó el cigarro y el alcohol.

Leo y yo fuimos muy unidos esos años, viajábamos juntos, íbamos al cine, nos recomendábamos libros y películas, convivíamos con nuestros amigos mutuos, me cuidaba de mi alcoholismo y me distraía de mi depresión.

Incluso me di la oportunidad de estar mal yo, él ya no nos necesitaba y, por el contrario, nos ayudaba. Fue un gran sostén tras mi ruptura con Elio, creo que fue el único que desde el inicio se percató del mal estado emocional en el que me encontraba.

Tan bien estaba Leo que incluso mi padre volvió a beber. Supongo que verlo así de bien equivalía para él a esa "cura" que le pidió a Dios y por la que le ofreció su abstinencia etílica. Pero un día Leo dejó de ir a la escuela, otro día dejó de entrenar natación, otro día era imposible que saliera de su cuarto o se bañara.

Mis padres y yo hicimos lo que siempre se hace ante algo tan ininteligible como inesperado: negarnos a verlo. Supongo que durante muchos años esperamos que Leo estuviera lo bien que estuvo en esa época, incluso estuvo mejor de lo que pudimos haber imaginado, tan bien como nadie hubiera apostado que estaría. Lo esperamos tanto que, una vez teniéndolo, nos negamos a la evidencia de que ese deseo volviera a quedarse vacío.

Era la tarde del primer viernes de diciembre, había adornos navideños por todos lados y las calles estaban abarrotadas de gente. Leo y yo fuimos al centro, me dijo que quería ir a buscar un fajo de billetes. Yo no entendí a qué se refería y no le di mucha importancia. Cuando alguien comienza a salirse de tu entendimiento es fácil pasar por alto los síntomas más evidentes de la colisión que se aproxima.

En el centro lo acompañé al banco para que revisara el saldo de la tarjeta donde le depositaban su beca: no tenía nada. Me dijo que, ya que en el banco no tenía dinero, lo acompañara a buscar un fajo de billetes, que debía estar en el centro, que le dijera para dónde quedaba. Yo le expliqué que nadie le iba a regalar dinero, que si quería ese fajo, tenía que trabajar.

Se lo expliqué varias veces, pero sólo conseguí que se desesperara y se enojara, comenzó a aventarme para que le dijera hacia dónde había que caminar para encontrar ese fajo de dinero. Leo mide 1.85 m y pesa 110 kg, yo mido 1.60 y peso 50. Esto ha sido así desde hace ocho años y nunca había sido brusco conmigo ni con nadie.

Le pedí que no me empujara, pero sólo se enojó más y me aventó con más violencia. Yo me molesté, pero como no conseguía que se calmara, empecé a caminar. Leo caminó más rápido para alcanzarme y empujarme de nuevo. Caminé más rápido, incluso corrí un poco. Pero Leo me alcanzaba cada vez para seguirme empujando mientras demandaba que le dijera dónde estaba el fajo de billetes.

Yo ni siquiera entendía a qué se refería o el motivo que lo tenía así. No es que pudiera detenerme demasiado a pensarlo porque era un hecho que tenía que huir de ahí, pero tampoco podía dejarlo solo.

Lo esquivé como pude hasta llegar a la plaza principal de la ciudad; estaban por inaugurar una pista de hielo. Había gente por todos lados, muchísimos policías y el tránsito vehicular estaba cerrado. Parecían no terminar las filas de gente que traía gorritos con pompones en la punta y guantes, esperando su turno para patinar.

Las bocinas tocaban villancicos a todo volumen. Detuve mi huida porque no había paso, Leo me alcanzó y estaba más colérico que nunca. Llegó a mi espalda, me tomó de un hombro y me volteó hacia él. Una vez de frente, me tomó de los hombros y empezó a sacudirme mientras gritaba de desesperación y enojo.

Ya con miedo, me liberé como pude y me escabullí entre la gente. Volvió a encontrarme y esta vez alternaba el estrujamiento de los hombros con aventones, gritos y puñetazos en el hombro y la espalda, me exigía que le diera el fajo de billetes. Sus gritos se mezclaban con los villancicos y las ovaciones de la gente a los patinadores. Yo no entendía nada.

Algún policía nos vio y quiso acercarse, supongo que pensó que éramos pareja y que aquello era una escena de celos. Comencé a hablarle a Leo en señas, le dije que se calmara, que había policía, que me dolían sus golpes, que por favor parara, que no tenía ningún dinero, que no le estaba escondiendo nada, que sus golpes me dolían, que verlo así me dolía.

Cuando el policía vio que le hablaba en señas detuvo su trayecto hacia nosotros. No tenía idea de qué hacer ni cómo actuar con sordos, como si sólo por eso no se le necesitara, se nulificó ante aquella otredad tan nimia. Hubiera podido pedir ayuda, pero que la policía sometiera a Leo, mi hermanito sordo, era algo tan ajeno en las concepciones de mi vida que me pareció impensable.

Estaba a punto de llorar por el dolor de los puñetazos, del agobio que me causaban los gritos de Leo y los de la muchedumbre emocionada, por los villancicos que se burlaban de nosotros y de notar a la gente viéndonos, incapaz de hacer nada, impotente al igual que yo.

La risa y la diversión de quienes ni siquiera notaron que estábamos ahí me parecieron todavía más insoportables. Estábamos solos, solos. La muchedumbre nos impedía escapar. Leo ya no era Leo. Estaba sola.

En lugar de llorar me escapé entre la gente y le marqué a mi padre, le expliqué lo que pasaba. Dijo que me alcanzaría junto con mi mamá de inmediato. Los veinte minutos que tardaron en llegar fueron eternos. Veinte minutos de escapar de los golpes de mi hermanito sordo. Veinte minutos de esconderme detrás de columnas, muros, teléfonos públicos, familias. Veinte minutos en los que huía de él para que no nos miraran de nuevo con impaciencia, con lástima, con desagrado. Veinte minutos para evitar pedir ayuda a la policía y que se lo llevaran.

Aproveché mis escondites furtivos para llamar a una amiga médica, le expliqué la situación, me dijo lo que debía comprarle a Leo para que se tranquilizara. Llegaron mis padres, mamá fue a comprar la medicina, papá y yo nos quedamos con Leo, quien siguió exactamente igual de enardecido, aunque ahora alternaba su ira entre papá y yo.

Más terrible que recibir su violencia era verlo violento, ver cómo sacaba toda esa ira para ejercerla sobre su padre, un anciano que mide 1.60 m. Al menos accedió a tomar la medicina. Siguieron otros veinte minutos de huirle. Después dejó de golpear, pero seguía insistiendo en que le dijéramos dónde estaba su fajo de billetes y nos obligaba a caminar para buscarlo. Veinte minutos después, incluso nos tomó tiernamente del brazo y se le comenzaba a ver triste porque no hallábamos el dinero. Otros veinte minutos después de búsqueda dijo que tenía sueño, que nos fuéramos a casa. Agradecimos que el día terminara así y no de cualquiera de las otras formas trágicas en las que pudo haber sucedido. Todavía no sabíamos que ése era el día uno de los tres años que han transcurrido desde entonces y que siguen sin terminar.

El nuevo diagnóstico reveló que Leo no sólo era sordo, sino que tenía daño neurológico, un extraño síndrome que implicaba un leve retraso mental, síntomas de autismo, descargas eléctricas más fuertes de lo normal y daño en el área del cerebro que se encargaba del lenguaje.

Desde ahora, todo tenía sentido; el retraso de Leo para sostener la cabeza, gatear y caminar. Todo lo aprendía y luego lo desaprendía. Los movimientos exabruptos que tenía de manos y brazos desde niño, que no tuviera una plática compleja y larga en lengua de señas. Tantas cosas que preferimos no ver y con las que los médicos no supieron qué hacer.

Ahora, ese mismo síndrome le había desencadenado psicosis y alucinaciones e ideas paranoides acerca del dinero. Nadie sabe bien por qué, pero la hipótesis más defendida es que los cambios hormonales propios de la adolescencia se la desencadenaron.

Leo había dejado por completo sus actividades hacía meses, pero nadie prestó atención. Ésos fueron los primeros síntomas de la psicosis que el frenesí de la Navidad, el dinero y las compras terminaron por desencadenarle.

En esta etapa de Leo aprendí la falsedad que implica la idea de que comienzas no siendo muy bueno en nada, pero con tiempo y dedicación serás cada vez mejor y más hábil; que a caminar sólo se aprende una vez; que aprendes a leer sólo en primero de primaria. Cuánta mentira.

Esto lo descubrí un día que Leo y yo salimos a caminar. Había pasado un mes de su primer ataque violento, él se tomaba un refresco y, cuando terminó, aventó el envase lejos, al piso, como si los últimos diez años hubieran desaparecido de él. Había que volver a explicarle todo desde el principio, repetirlo las veces que fueran necesarias.

Cada vez que encontramos una nueva lectura en el mismo libro conocido; un nuevo detalle en la misma vida vivida. Tan frágiles e inestables que somos, nada exponenciales. Siempre, en el mejor de los casos, volver a empezar desde el inicio. Luego, en el peor de los escenarios, la tranquilidad de que todo termine.

Volver a empezar desde el inicio, otra vez, como si supiéramos qué momento es ése, teniendo plena certeza de que lo desconocemos. Pero volver al inicio, empezar otra vez. Buscar el momento del inicio. Al menos buscar.

XVI
La casa de los espejos

Conocer a la familia de alguien a quien tienes estima siempre es decepcionante. Los rasgos faciales que antes considerabas únicos se repiten vulgarmente en cada pariente. La inflexión de voz que creías inconfundible se pierde en el eco de los sonidos que se producen al por mayor de todas estas personas. Cada una parece la caricatura de la siguiente.

Desde la primera vez que consideré esto me pregunté cuál sería el efecto que dábamos mi familia y yo. Ahí noté que no sólo nos repetíamos entre nosotros mismos, sino también generacionalmente. Tamar y yo heredamos la voz chillona de mi madre, ella su nariz pequeñísima y yo afinidades de carácter; con mi padre ocurrió lo contrario y sobresale de mi cara el recordatorio de su herencia genética. Tobi y Leo son contrarios de carácter, Leo es tan iracundo como papá. Los varones heredaron la melena de Padre, Tamar y yo el delgado cabello de mi madre. Tobi y Leo rebasan el 1.80 m de altura y ninguno de mis padres rebasa 1.60 m. Yo soy la única hija morena, Tamar la única más bajita que mis padres.

Nunca les he preguntado a mis hermanos si alguna vez sintieron que nuestros padres proyectaran en ellos alguna vivencia traumática que hubieran vivido con su familia. En mi caso, ambos lo hicieron. Mi mamá siempre se encargó de que yo supiera que era como ella, que cargaba con los mismos males de su infancia. Ella era torpe porque Carmen no le permitió gatear de bebé, me decía que yo era igual de torpe que ella porque nací con la rodilla deforme. Siempre sufrió burlas en la clase de deportes debido a su torpeza, así que lo mejor era que yo ni siquiera intentara aprender a jugar nada. Ella era discriminada por ser la "hermana fea" en comparación con su hermanita Yesenia, y a mí siempre se encargó de decirme todos los desdenes de comparaciones que hacían nuestros tíos y conocidos en favor de Tamar.

La proyección de mi padre fue mucho mayor, pues equiparó mi color moreno a sus ojos rasgados, considerando que, si bien a él le había tocado en suerte ser el hijo ilegítimo, ahora, para pagar su pecado, me tenía a mí. Esto me lo hizo saber en alguna de sus borracheras antes del nacimiento de Leo. A decir verdad, me lo dijo de manera muy distinta a como contaba que su propio padre lo había hecho. Mi papá estaba casi feliz de este infortunio, pues así enmendaba la culpa que no pudo evitar al ser un hijo bastardo.

Durante toda mi infancia creí que no era hija de mi padre, e incluso estaba agradecida de que me criara como tal. En mis primeros años de vida, fui más apegada a él que a mi madre, todas las noches dormía abrazándolo y él siempre me procuraba cariños y cuidados. Después tuvimos una fractura irremediable con el nacimiento de Leo. Esto se sumó a la declaración de que él nunca quiso formalizar una relación con mi madre porque estaba enamorado de otra.

Después estuvieron las necesidades médicas de Leo, aumentadas con el hecho de que era su hijo varón, el único que lleva su nombre, al menos en segundo sitio —fue mi idea que Leo llevara por segundo nombre el de mi padre, José. Mi mamá todavía hoy me recuerda su disgusto, pues ella quería que ese segundo nombre fuera Daniel, como su abuelo—. Todo esto y que Leo había heredado el lunar que le decoraba la comisura de los labios no hizo sino aumentar el contraste con su hija morena. Esa hija que no podía ser suya.

Mi padre dejó de beber cuando nos enteramos de la sordera de Leo, y su carácter cambió irremediablemente. Antes, al menos, era un borracho feliz. En sus años de abstinencia fue irascible todo el tiempo, e incluso ahora que ha vuelto a beber, su alegría no regresó. Ya no estaba el padre cariñoso que me cortaba las uñas con todo el cuidado del mundo, o que me hacía peinados divertidos sin jalar ni un solo cabello. En su lugar quedó un hombre frustrado y cansado de la vida, con un niño pequeño que demandaba toda su atención, pero al que no entendía.

Cuando llegué a la pubertad, evalué toda la evidencia que poseía y llegué a la conclusión de que sí era su hija. La nariz amplia y los ojos rasgados, aunque disminuidos por mi color moreno, no eran gratuitos. Además, me encontré algunas facciones que entre mis hermanos eran únicas, pero que se repetían en algunos familiares de Bertha, su madre.

Supe también que él siempre pensaría que no era su hija, que necesitaba esa creencia para así sentir que limaba el dolor de su infancia. Creo que lo mismo pasó con Madre: necesitaba que yo fuera como ella para no sentirse sola en el mundo con su dolor, pero todavía más importante, para poder seguir reproduciendo el desprecio que ella misma vivió.

No sé cómo lidio con estos sentimientos al mismo tiempo que no miento cuando digo que los amo. Se deben diseccionar las cualidades incoherentes porque de otra manera lo que tenemos de los otros y de nosotros mismos es una imagen deforme y grotesca.

Es curioso que las imágenes que surgen de nosotros cuando asistimos a la casa de los espejos nos causen tanta expectación. Es casi como si nos viéramos como realmente somos por primera vez, así de incongruentes, protuberantes y monstruosos, como si cada una de las partes que nos conforma proviniera de otros cuerpos.

Hasta hace poco tomé todos mis trozos y los uní. Aquello no tenía sentido, o si lo tenía, estaba todavía velado para mí. No entiendo muy bien cómo pasé de ser alguien nuevo en el mundo a una niña torpe e insegura de movimientos por saberse deforme de su pierna. Supongo que esto debo agradecerlo a mamá, que me programó para que ésa fuera la manera en que me asumía.

Luego, que me sintiera agradecida con el mundo por tener un cariño que no merecía, como el de mi padre. En esa parte de mi vida llegó Elio y supongo que por eso este eterno retorno hacia él, porque me ama y al mismo tiempo me deja sin razón, así que me empeño en buscar este cariño no merecido, como el de mi padre, a base de displicencias y traiciones, como las de mi madre.

Tampoco supe cómo embonar después la partida de Elio, todas las maneras en las que me había significado a mí misma quedaron sin función. Entonces llegó Garret y por fin me sentí deseada, él debía hacer un esfuerzo para congraciarse conmigo y que yo lo eligiera. Supongo que no he superado esa etapa, sólo que ahora la reproduzco ante quienes no tengo desventaja, que pueda dejar fácilmente porque me sé sólo parcial estando con ellos.

Con el nacimiento de Leo, me di significado a partir de lo que él es y me ha tocado en suerte presenciar. Escribir esto es una forma de construir mi propia casa de los espejos, una desde donde puedo mirarme con la curiosidad y el detenimiento propios de quienes tienen la certeza de no ser observados.

XVII
Decidiendo recuerdos

La vida siempre es un accidente a punto de suceder. Supongo que los inesperados golpes de Leo hicieron venir al frente todas las cosas que siempre preferí no ver, recuerdos que maticé, cambié o evadí porque el dolor resultaba intolerable, porque no estaba preparada para afrontarlo.

Lamentablemente, la vida es como es y no hay modo de prepararse primero para vivir después, siempre se ha de sobrevivir en el desconocimiento, adelantando significados incorrectos porque jamás tendremos noción del después.

Ver a Leo tan lejos de la realidad me hizo verme a mí misma siempre lejana de lo que pasaba, a mis padres, a Tobías y Tamar. Toda la vida habíamos evitado vernos por el terror de las certezas que encontraríamos. El alcoholismo de papá, la depresión de mamá, el alcoholismo de Tobi, mi depresión. Y viceversa. La indiferencia de Tamar y todo Leo.

Cuando el presente te golpea en la cara es imposible no recapitular todos los eventos que se fueron sumando hasta llegar al punto clímax del ahora. El riesgo es que la distancia desde la que volteamos a ver lo que fuimos implica encontrarse con que uno no era lo que creía, lo que imaginaba que fue. Descubrir que no somos la suma de nuestros recuerdos, sino que elegimos qué recordar para justificar lo que somos, o al menos lo que nos gusta creer que somos.

Al inicio, todo son condensaciones y desplazamientos, reducir el pasado a fuerza de lugares comunes y salvos, plagados de siempres y nuncas. Todo es aquello y está clausurado. Nos repetimos los mismos recuerdos como si no hubiera más, como si fuera lo único que pudiera anclarnos a nosotros mismos, un galimatías al que le hemos cerrado cualquier posibilidad de interpretación.

La fruición de repetirnos lo que somos no hace más que evidenciar todo lo que escondemos, o peor, lo que desconocemos.

Pienso en la playa de Dinamarca que se convirtió en campo minado durante la Segunda Guerra Mundial. Un horizonte hermoso cuya infinidad nos hace creer que todo ha sido siempre así, que esta playa no pudo haber estado ahí antes de que nosotros sintiéramos su arena. Que no hay historia y que todo el tiempo es este tiempo, que no hay memoria que nos aleje de esta luz enceguecedora. Pienso que así es la vida, una apacible playa que esconde de nosotros su naturaleza de campo minado, naturaleza que notamos hasta vernos volar en pedazos.

Y sólo entonces, entender que todo empezó antes. Un antes al que es imposible volver, porque todo es ya otra cosa. Supongo que las cosas que terminan ya fueron perdonadas por el sólo hecho de habitar en el pasado, porque nos negamos a aceptar que sigan siendo parte de nosotros. Traerlas al presente es una forma de reclamo.

Imagino que me había negado a escribir estas palabras para proteger a mis padres de mí, de mis impresiones, de lo que pienso de ellos. También para protegerme de lo que realmente son. Pero sobre todo, para protegerme de mí misma.

Mientras más recordamos sabemos menos de nosotros mismos. Antes sabíamos más porque los dogmas y los casos cerrados lo abarcaban todo. Entender el fracaso es mucho más complejo, implica aceptar que todo cuanto se tiene se perderá, que cada vez hay que comenzar de nuevo y que seguramente nunca sepamos cómo salir de este regreso al inicio. Cuando lo sepamos, moriremos.

Aun así hay un pequeño pero nítido momento, antes de que la serpiente te devuelva a la casilla 1, en el que lo esperado parece tan cercano que hace que cada retorno tenga sentido.

Pienso de nuevo en esa primera lectura, en cómo el personaje que se nos presentó al inicio, ganándonos con su impostura de ingenuidad y sorpresa, terminó volviéndose contra nosotros al final, donde nos dimos cuenta de que nos manipuló desde el inicio, que el pacto de credulidad que establecimos desde el comienzo sería el que nos destruiría más adelante.

Por algo *Una visita inesperada* ha sido tan exitosamente llevada al teatro, por eso la facilidad de escenificarla, de buscar sorprendernos por quien siempre debimos saber que nos traicionaría. Dicen que la mejor novela de Agatha Christie es *La muerte de Roger Ackroyd*. Fue de las pocas que no leí en la infancia y la que me pidieron leer en la universidad. No pude hacerlo, desde las primeras páginas supe quién sería el asesino, la obra estaba arruinada y obsoleta para mí.

En la lectura se puede descubrir fácilmente al impostor, en la escritura los espejeos impiden enfocar un objetivo nítido. Tal vez todo inició con la psicosis de Leo el día de la inauguración de la pista de hielo, o cuando conocí a Dan, o a Garret, o a Elio, o a Gonzalo, o a Meli. Tal vez todo empezó con el nacimiento de Leo, o con el mío, o el de Tamar o el de Tobi. Tal vez con el encuentro de mis padres, con la partida del bisabuelo Daniel a Alaska o con la embarcación de un par de coreanos hacia América.

El inicio ha de estar en algún lado o en cualquiera, en el sentido que le damos a las pistas de nosotros mismos, en el sitio donde decidamos que la búsqueda ha sido suficiente.

No sé bien cuándo elegí que mi vida sería ésta. Al menos por ahora. Ya antes había tirado todos mis diarios por descubrir que no pude evitar mentir en cada una de sus páginas, que no podía o no quería —no sé distinguir la diferencia— reconocerme en esas palabras.

Contenido

Aura Ayar se terminó de imprimir en junio de 2021
en Talleres Gráficos Imagen, Tepozanes, núm. 316,
col. Esperanza, 57800, Ciudad Nezahualcóyotl.